家庭用事件

似鳥 鶏

市立《いちりつ》高校に入学した頃は，こんなにも不可思議な事件に巻き込まれ，波瀾万丈な学校生活を送ることになるとは，僕は想像だにしていなかった——。『理由《わけ》あって冬に出る』の出来事以前に，映研とパソ研との間で起こった柳瀬さん取りあい騒動を描く「不正指令電磁的なんとか」。葉山君の自宅マンションで起こった怪事件「家庭用事件」。葉山君の妹・亜理紗の学校の友人が遭遇した不可解な引ったくり事件から，葉山家の秘密が垣間見られる「優しくないし健気でもない」など，全五編。事件に満ちた葉山君の学校生活を描く，〈市立高校シリーズ〉短編集。

家庭用事件

似鳥　鶏

創元推理文庫

ALICE IN HEARING LAND

by

Kei Nitadori

2016

目次

家庭用事件

不正指令電磁的なんとか

高校に入学して最初に驚いたことは先輩たちの制服の着崩しぶりと、それを特に教師たちから隠す様子もなく悪びれる様子もないというところだった。女子の先輩のスカートの長さがまちまちなのはまあ街で見て知っていたとはいえ、男子の先輩がシャツのボタンを「そこまですか」というレベルまで外しているとか、その下にポロシャツを着るとか、男女問わずジャケットを着ず自前のセーターやベストを着るとか、原宿《はらじゅく》かドン・キホーテで買ったと思《おぼ》しき変な柄のTシャツを着るとか、皆自由すぎる。しかもその人たちは特に不良というわけではないようで、教師の方も咎《とが》める様子はなくにこやかに話している。ネクタイを外すな。バッグに何もつけるな。髪を染めるな。スカートを短くするな。僕はどれもする気がなかったので別に問題なかったが、これまではずっと細かく強制されてきた。それが全くない。

それに先輩たちと教師の関係も全く違っていた。中学の頃、教師は「偉い人」、つまり権力者であった。押さえつけ、言いつけてくる人間であり、たまに生徒がその冗談を混ぜっ返したりしてもそれは恐る恐るであり、生徒は教師が怒りださないかと気にしなければならなかった。それが高校では違った。うちの学校が特殊なのかもしれなかったが、先輩たちと教師は対等に見えたし、教師は頭ごなしに「子供は言うことを聞け」と言わなかったし、そういうことを言う一部の教師は生徒から馬鹿にされていた。先輩たちを見て、僕は「慣れた高校生は大人なのだなあ」と思った。一年生も三学期までやってきた現在ではあまりそう思わないのだが。

先輩たちが大人に見えた理由はもう一つあった。高校には部活動の他に、特に文化系に、驚くほど細分化されマニアックな同好会が存在した。僕が中学で知っている文化系クラブといえば吹奏楽部と合唱部、それに美術部くらいのものだった。ところが高校には演劇部があった。文芸部があった。華道部茶道部は潰れたそうだが鉄道研究会とか映像研究会とかいったものはいかにも趣味的であり、趣味を学校後援でやってよいという事実がそもそも大人っぽかった。文化系の先輩たちは学校内で野放図《のほうず》に遊び、買い食いをし、そして趣味に邁進していた。それが面白くて僕は一時期、友達や先輩に誘われるまま色々な部・同好会を覗いたことがあった。僕自身は中学同様、美術部に入ると決めていたが、いろいろ先輩から誘われて手伝ったりしているうちに文化系のいくつもの部に顔見知りの先輩ができるようになった。演劇部の柳瀬《やなせ》さんや文芸部の伊神《いがみ》さんなどは放課後、制作中のアトリエにまで来て僕を勧誘して帰ってゆく。どちらも部員になる気はないが、求められるのは嬉しいことだ。おかげでクラス外につきあいも増えた。

が、各部に顔見知りができれば、それだけ関わる案件も多くなる。そしてこの某市立《いちりつ》高校にやたらと文化系の部・同好会が多い以上、それだけ部内または部同士のトラブル、いざこざ、場所争い部費争奪戦その他も多い。

それはつまり、無関係のはずの僕にとばっちりが来る可能性が大きいということであった。

1

一月中旬の、普通の日だった。放課後のその時までは。

特に行事もないし、テスト前でもないし、もともと苦手なのにマラソンの時期に入ってますます憂鬱《ゆううつ》な体育もないし、普通に勉強をし、合間に友人とダラダラし、放課後には美術部の活動をする芸術棟のアトリエに行く。何やら自分としては傑作の予感がしている制作中の虎の絵を、構図を最終決定するところまでは進めたかった。教室のある本館から芸術棟まで上履きのまま行くと、午後五時に本館の玄関が閉まって靴を封印されてしまう。だが空気が冷たい上に、よりにもよって北からの風がびゅうびゅう吹いている。どうせ今日は二口女(1)のごとき食欲妖怪である妹のために夕飯の買い物をしてから帰らなければならない。午後五時前にアトリエを出ればいいから、と思い、僕は吹きさらしの一階を避けて二階の渡り廊下から別館に移動した。思えばこの時そうしていなければ、映研（映像研究会）とパソ研（パソコン研究同好会）のおかしな争いに巻き込まれることもなかったはずなのだが。

冷たい上に静電気で攻撃してくる取っ手を押して渡り廊下に入ると、男女の言い争う声が聞こえてきたのである。普通なら回れ右をして大人しく一階に降りるところだが、女子の声に聞

（1）　後頭部にもう一つ口があり、髪の毛で食べ物を摑んでそちらの口で食べる妖怪。早食いで大食い。

き覚えがあった。同じクラスの辻《つじ》さんが、すでにかなり熱くなっている口調で二年生の男子と何か言いあっている。相手はどこまでも細くてまっすぐな長身の人で、後ろから見ると「地面に突き立てられたバール」というか、なんか水族館にああいう魚がいたな、という印象だったが、こちらは見覚えがなかった。上履きの色からすると二年生であるらしき男子の方はなんとなくイメージに合わない滑らかな低音で辻さんに言い返していて、面識はあっても別に辻さんと仲の良くない僕は再度心の中で「お邪魔しました」と言いつつ横をすり抜けようとしたのだが、向かいあう二人の間、ちょうど審判員のような位置に腕を組み、困り顔で首をかしげている女子がもう一人いた。それが演劇部部長の柳瀬さんだった。

「葉山《はやま》くん」柳瀬さんは僕を見ると笑顔になったが、一瞬後、その笑顔は何かを思いついたようにぺかりと光った。「あっ、ねえお二人さん。葉山くんに立会人頼んだら?」

言い争っていた左右の二人が同時にこちらを見る。

「誰? こいつ」背の高い二年生の方が言う。

「葉山君です。あたし、クラス同じです」辻さんがこちらを見たまま答える。

通りかかっただけの僕がなぜ二人から品定めされるように観察されているのか分からない。

「あのう柳瀬さん、立会人って何のですか?」

「だからさ、契約書作るってとこも、契約内容も合意してるでしょ? 第三者の葉山くんに立ち会ってもらってきっちりやって、それで恨みっこなしってことにすれば?」

柳瀬さんは僕の質問に答えず左右の二人に言ったが、僕もそれでなんとなく事情が分かった。

何か同好会同士の紛争らしい。「まあ……細かいことは分かりませんけど、そのくらいならやりますよ」

そう言うと左右の二人はそれぞれに下や横や斜め下に視線を動かして悩んだが、数秒でやはりそれぞれに納得したらしかった。

「分かりました。それでいいです」辻さんが二年生に言う。「契約内容、さっきので本当にいいんですよね？　締結直前に変更はなしですよ」

「ああ。だからそれでいいって」二年生は頷いて携帯を出し、時計表示を見る。「書面はこっちで用意するけど、印刷前に確認してもらう。明日の三時十五分にＣＡＩ室(2)」

分かりました、と言って辻さんが本館方向に去っていくと、二年生の方も僕に「それで頼む」とだけ言い、別館方向に去っていった。左右両側のドアがぎいいいい、ぐいいいいい、とそれぞれに軋《きし》み音をたてて閉まり、僕と柳瀬さんが渡り廊下に残される。

「ええと……」右、左、とドアを見て、それから前にいる柳瀬さんを見る。「具体的に、僕は一体何を頼まれたんですか？」

「よく分かんなくてもとりあえず頼みだけは聞くんだね、きみ」柳瀬さんはしみじみと頷いている。「ほんと『頼まれ葉山』だわ」

---

(2)　Computer-Assisted Instruction 室の略。パソコン端末がずらっと並んでいる部屋。パソコンは高性能ながらどこが電源スイッチなのか分かりにくいＤＥＬＬ、プリンタは超高速のゼロックス、というのがお約束である。

「えっ、何ですかそれ」

「きみ陰でそう呼ばれてるよ」

「それ僕に言っちゃいけないことだったんじゃないですか？」

確かに初夏の公演ラッシュ期③と秋の文化祭シーズン、演劇部、文芸部、合唱部、吹奏楽部と各部に細々とした頼みごとをされた。今になって振り返ると何故《なにゆえ》にこうなったのか分からないが、ポスターや大道具の制作にあたり、画材を貸し出すついでに初めてそうした作業をする人たちに使い方を教え、手つきの怪しい作業を代わり……とやっているうち、いつの間にか僕があれこれの制作を頼まれるようになり、何やかやで色々な部を手伝うようになってしまったのである。思い返せば初夏の時は「手伝い」として感謝されていたのに、秋の文化祭時にはすでに「頭数」扱いされていた。少しでも手伝った人間を蟻地獄的に吸い込んでなし崩しで部員にしてしまおうというやり方は、文化系クラブならどこでもやっていることのようである。

「……契約書を交わす現場の立会人、ですよね」柳瀬さんに確かめる。もしそれ以上のややこしい何かがあるなら逃亡も検討するので、今のうちに知っておかなくてはならない。「映研と……あっちの先輩は何部ですか？……の間の契約ですよね」

「あの細長いのはパソ研の三宅《みやけ》。なんか『地面に突き立てられたバール』って感じだよね。あと、なんか水族館にああいう魚いたよね」柳瀬さんは僕と全く同じ表現をした。「あいつ中心の何人かでサウンドノベル④作ってるんだけど、それで映研と揉めちゃってるみたい」

「どうしてですか？」

「私の取りあい」柳瀬さんは体をくねらせ、虚空《こくう》に手を伸ばした。「ああ、駄目よ二人とも。私のために争わないで！……三角関係だね」

「男女で同じ人を取りあうんですか」

「あるよ、そういうの⑸」柳瀬さんは僕を見ると、はっとした顔になってさらに身悶えした。

「もしかして、葉山くんも参戦して四角関係？」

「いえ、ですから何に参戦するんですか？」

「あ、でもこれで男女男女になるか」柳瀬さんは僕の腕を取った。「最終話あたりで結局、むこうもむこうでくっつくってパターンだね」

「パターンって」

この人はわりとこうして触れてくる。そのあたりが気安い人なのかもしれないが、僕の方は、女子にくっつかれるとどうしてよいか分からない。そしてそれよりも状況が分からない。「映研とパソ研が柳瀬さんを取りあって、というと……」

「撮影時期がかぶりそうでね」柳瀬さんは悩ましげに腕を組む。「私、映研が三年の追い出し

(3) 高校の文化系クラブは夏休み前に三年生が引退するため、大抵は六月や七月に三年生の最後の舞台となる公演がある。同時期に集中しすぎて日程がかぶり、兼部している部員が青ざめたりする。
(4) コンピューターゲームのジャンルの一つ。画面に静止画と文章が表示され、時折選択肢が出現してそれにより後の展開が変わる、というのが基本的なスタイル。
(5) 〈ハルチカ〉シリーズ（初野晴／KADOKAWA）のことか。

で作る作品のヒロインなんだけど、パソ研が来年の新歓用に作るサウンドノベルも実写取り込みで、そっちもヒロインなんだよね」

「なるほど」完成作品を両方見た人は凄まじい違和感を覚えるのではないか。「役柄、違うんですよね？」

「けっこう。映研の方は『十五歳までは次々と名曲を発表し続けていたけど、それから十五年間さっぱり何も発表してなくてそろそろ忘れられてきた元天才作曲家』の役で、パソ研の方は『市立《ウチ》の二年生で、優等生の生徒会長で前世が陰陽師で予知能力があって、戦闘能力抜群でぁとゾンビな普通の女の子』。わりと切り替え大変だよね」

「想像がつきません」ゾンビである必要はあるのだろうか。

「どっちもスケジュールがわりと押してるし、雪の日に校内でロケ必要って言っててね。……売れっ子になるとこういうところがねえ」柳瀬さんの方は、どちらもきちんと務めたいらしい。僕の腕につかまったまま、本当に困った様子で俯《うつむ》く。「まあ、基本映研で、可能な限りパソ研のスケジュールに配慮、ってことでまとまったみたいだけど」

さっきの様子を見る限り、当事者の本心までまとまっているとは思えない。僕は言った。

「分かりました。つつがなく契約を締結させればいいんですね」

柳瀬さんは僕の腕をぎゅっと引っぱった。「よろしくね。ジャーマネ君」

柳瀬沙織《さおり》の使用に関する契約書

映像研究同好会を甲、パソコン同好会を乙、柳瀬沙織を丙とし、作品制作における丙の使用に関し、以下のように定める。

一条　丙の使用に関しては、甲が優先権を有する。乙は、甲より請求があった場合は、ただちに丙の使用を中止し、身柄を甲に引き渡す。

二条　甲は制作に丙の使用が必要になるか不明な場合、または丙の使用期間が不明な場合でも、丙を待機状態とし、甲の管理下に置くことができる。

三条　甲または乙の作品が完成した場合、甲または乙は速やかに相手方にそのことを報告し、以後、丙の使用権を放棄する。

「……ほんとにこれでいいんですよね？」

他に人がおらず静かなＣＡＩ室で、辻さんの座る椅子の背もたれがきい、と鳴った。彼女は疑わしげに三宅さん（というらしい、パソ研の二年生）を見ている。「要するに、甲《ウチ》が優先ですよ、ってことですけど」

「ああ。会員の了解もとってる」

隣で背もたれを四十五度に倒して腕を組む三宅さんは当然のことながら我慢の顔であるが、しかし抵抗する気はないようだった。「気になるところがあるなら言ってくれ。直すから」

柳瀬さんの出演交渉としては完全勝利と言っていい契約だが、辻さんは画面と三宅さんを見比べ、後ろに立って画面を覗いている僕にまで振り返った。「いいよね、これ？　どう思う？いいよね？」

要するに契約条件が有利すぎて疑っているらしい。「……問題ないと思うけど」

三宅さんは「早くしろ」と言いたげにこちらを見ている。「いいなら、印刷するぞ」

「待ってください。やっぱ一項目付け加えます」

「何だよもう」

三宅さんは嫌そうな顔で椅子を転がして寄ってきたが、辻さんは自分でばしゃばしゃとキーボードを叩き始めた。焦っているのかもともとそういう性格なのか、タイピングの速さのわりにミスタイプが多く、カーソルが行ったり来たりする。だが、できあがった文章はしっかりしていた。

四条　甲または乙は、相手方から請求があった場合、丙を用いて作成した素材を相手方に提供するよう、努力しなければならない。

「……なんだ。そういうの、つけてくれるのか」

拍子抜けしたように言う三宅さんを特に見ないまま、辻さんは端末の前を離れた。これはどちらかというと乙（パソ研）の方に有利なことだろう。

「努力義務ですから」

辻さんは法律用語を使って言う。随分と仰々しく本格的な契約書だが、二人ともこういう言葉遣いは普通にできるらしい。これは高校生だからということではなく、単にこの二人がこうなのだろう。

「まあいいや。こっちとしてもそうしてくれるとありがたい。じゃ、サインして契約成立な。プリンタの状態いいか？」

辻さんが立ち上がり、部屋の隅にあるゼロックスのプリンタを覗く。「ＯＫです。……あ、待った。立会人の葉山くんに、契約書のその文面、メールで送っといてください。証拠なんで」

三宅さんは面倒臭そうに僕を見たが、僕としては何でもいいから立会人としての仕事がある方が気分的に落ち着く。アドレスを教えると、すぐに添付ファイル付きのメールが来た。それを確認して報告すると、三宅さんが再びカチカチとマウスを操作する。「モグラの穴の前で一日中待っているネコ」の風情《ふぜい》でプリンタに張りついている辻さんは、出てきた紙をすぱっと取り、胸ポケットに留めていたボールペンを取って三宅さんに差し出した。

「サインと拇印《ぼいん》を」

「やだよ。サインでいいだろ」

「いいです。あたしも嫌なんで」

ではどうして訊いたのか不明だが、二部印刷した契約書に頭を突き合わせてガリガリとサインする二人を見て、この二人は揉めなければわりと馬が合った可能性があるな、と思った。

ところが、それは完全に僕の見込み違いだった。翌日すぐ、解決したはずのこの問題はおかしな方向にこじれることになる。

2

翌日の放課後、いつも通りアトリエに向かおうとしていた僕は、冷たい上に静電気で攻撃してくる取っ手を押して二階渡り廊下に入ったところで、男女の言い争う声を聞いた。普通なら回れ右をして大人しく一階に降りるところだが、女子の方の声は明らかに辻さんだったので気になった。辻さんの後ろには見覚えのある映研の女子がいて、彼女を背にした辻さんはかなり熱くなっている様子だった。言い争っている相手は外見的に「地面に突き立てられたバール」のような印象のある細くて長身の人であり、こちらはパソ研の三宅さんである。そして向かいあう二人の間、ちょうど審判員のような位置で腕を組み、柳瀬さんが困り顔で首をかしげている。

見た瞬間、僕の頭の中で現実感がぐらりと揺らぐ感触があった。辻さんの後ろに映研の人が増えている以外、一昨日と全く同じ光景である。

「葉山くん」柳瀬さんがこちらを見るのも一昨日と同じだ。「あっ、ほら二人とも、立会人来たよ」

辻さんと三宅さんがこちらを見る。どうしたんですかとすぐ訊いていた。まるで時間の流れがおかしくなったかのように一昨日のシーンが繰り返されている。

「ねえ葉山くん。昨日、契約書作る時に何か変なことあった？」

「なあ葉山。昨日、契約書作る時は別に変なことなかったよな？」

二人が同時に訊いてくる。イエスともノーとも答えられなくなってしまい、僕はその場で立ちすくんだ。一体何がどうなっているのだろう。映研とパソ研に関しては昨日、確かに契約書にサインするところまで僕が立ち会ったのだ。それなのになぜ、時間が繰り返したがごとくに一昨日の争いが再発しているのだろうか。

「ええと」視線が集まっているのでとにかく答えなければならない。「昨日、僕が立ち会いました。何もおかしなところはなかったし、きちんと契約書にサインもしたはずですけど」

事情は分からないが、僕としてはほとんど闇雲《やみくも》にそう答えるしかない。だがその途端、三宅さんは勝ち誇った様子で胸を反らし、辻さんは打《ぶ》たれたような顔で縮こまった。

「ほらな」三宅さんはクリアファイルに入れた昨日の契約書を持っていて、それをぶんぶんと振った。「きちんと契約結んでるんだから」

「いえ、でも」辻さんも同じクリアファイルに入れた契約書を持っていたが、彼女はファイルをもう一方の手でばしんと叩いた。「こんな契約してません。柳瀬さんは映研《ウチ》が使うっていう契約だったじゃないですか」

「こっちこそ、そんな契約した覚えはないから。柳瀬さんはパソ研が使うっていう契約だからOKしてサインしたんだ。後から言うこと変えられても困るんだよ」三宅さんは目の前で毛を逆立てている辻さんにではなく、その後ろで呆れ顔になっている映研の人に言った。「そういうわけなんで。あとはそちらでなんとかしてください。じゃ」

三宅さんはもうおしまい、という様子でそこまで言い、柳瀬さんを促すと、辻さんに背を向けて大股で本館の方に出ていってしまう。「その契約書がすべてだから。……じゃ、柳瀬さん、お願いします」

三宅さんの細い体がドアのむこうに消え、本館側のドアがぎいいいい、と揺れる音が響く。その音をかき消すように辻さんが「待ってください」と言ったが、辻さんの声は途中からトーンダウンし、ドアの軋み音に負けた。柳瀬さんは三宅さんに続いて本館側のドアを押したが、出ていく時、何か念を押すように僕を見た。

再び揺れるドアがぎいいいい、ぎいいい、と鳴る。

「じゃ、今日の撮影はなしね。いっつもこれじゃ困るから、パソ研に交渉しておいてよ?」

辻さんの後ろにいた映研の女子がそう言い、上履きの色から二年生と分かるその人は、契約書を持って立ちつくしている辻さんを残して別館側のドアから出ていってしまう。

別館側のドアも、ぐいいいい、ぐいいい、と鳴っている。残された辻さんが突っ立っている。

いつも教室で見る時は元気というかむしろやかましいぐらいの人なのだが、今は柳瀬さんが連れていかれた本館側のドアをじっと見たまま背中を丸め、水に落ちたハムスターのようにしょぼくれてしまっている。

事情は分からないが何か可哀想だ。それに柳瀬さんは去り際、「任せた」というような顔で僕を見た。そうなると、訊いてみないわけにはいかなかった。

「辻さん。これ、どうなってるの？　パソ研とは昨日、契約書にサインしたよね？」

一昨日とそっくりなシーンが繰り返されたので、あの記憶は嘘だったのかと不安になる。だが辻さんの手には確かに契約書という実体物が残っているのだ。

辻さんは黙って、手にした契約書をこちらに押しつけてきた。

柳瀬沙織の使用に関する契約書

パソコン同好会を甲、映像研究同好会を乙、柳瀬沙織を丙とし、作品制作における丙の使用に関し、以下のように定める。

一条　丙の使用に関しては、甲が優先権を有する。

乙は、甲より請求があった場合は、ただちに丙の使用を中止し、身柄を甲に引き渡す。

二条　甲は制作に丙の使用が必要になるか不明な場合、
　　　または丙の使用期間が不明な場合でも、
　　　丙を待機状態とし、甲の管理下に置くことができる。

三条　甲または乙の作品が完成した場合、甲または乙は速やかに相手方にそのことを報告し、
　　　以後、丙の使用権を放棄する。

四条　甲または乙は、相手方から請求があった場合、丙を用いて作成した素材を相手方に提供
　　　するよう、努力しなければならない。

辻霧絵
三宅一馬

「……あれ？」
　とっさに声が漏れた。確かに昨日の契約書だが、奇妙である。「辻さんこれ、おかしくない？」
　そう口にした途端、俯いていた辻さんがこちらに齧《かじ》りつくような勢いで寄ってきた。「ね？　おかしいよね？　おかしいでしょ？　葉山君もそう思うよね？」

本当に齧られそうなので半歩下がりつつ頷く。契約書の文面は確かに、昨日見たものと変わっていない。一部を除いて。

「……パソ研が『甲』、映研が『乙』になっちゃってるけど」

「だよね？　それ違うよね？　逆だよね？　違ったよね？」

せっかく下がったのにまた寄ってくる辻さんから再び間合いをとりつつ、契約書の文面を確認する。

確かに昨日見た契約書と違っていた。昨日の契約では、優先権を有する「甲」が映研で、「乙」がパソ研だったはずなのだ。それが逆になっている。それだけのことだったが、契約書においては大変なことだった。これでは契約の内容が全く正反対のものになってしまう。

「昨日は、映研が優先、っていう条件で契約したんだよね？　それに辻さんが四条を足した」

「だよね？」辻さんは僕に詰問する調子で指さしてくる。「おかしいよね？」

なるほどこれはおかしかった。昨日の辻さんは「ほんとにこれでいいんですよね？」と念を押していたし、さすがにそれでは悪いからと四条を加えた。だからこそこの契約が成立したのだ。つまり。

「……この契約書、間違ってない？　ミス？」

「そうだよね？」さっきからそれしか言わない辻さんは、こちらにしがみつかんばかりである。

「だと思うけど……」

立会人としてはいささか情けない。何のためにいたのか分からないではないか。

だが僕は、すぐにこれが、単純な事務作業上のミスでは済まないことに気付いた。契約書には辻さんと三宅さんのサインが入ってしまっているのだ。見てはいないが、三宅さんが持っているもう一部も同様だろう。そして三宅さんは、作ってしまったこの契約書通りに柳瀬さんの優先権を主張し、今しがた連れ去っていったところなのだ。

……この場合、どうすればいいのだろう？

「まいったな。サイン入りの契約書があるってなると……」

間違いでした、と言いたいところだ。だが三宅さんが認めてくれない限り、サイン入りの契約書を取り消すことはできない。柳瀬さんもおかしいとは思っているだろうが、契約締結時に立ち会っていないということもあるせいか、とにかく契約書に従ってパソ研の撮影を優先している。

「……間違いの、はずなんだけど」

辻さんがトーンダウンしてしまうのも当然である。客観的に見れば映研の方が、昨日きちんと立会人までつけて契約書にサインしたくせに、翌日になって契約書の内容と正反対のことを言い始めた――という構図になる。こんな契約をした覚えはない、契約書の内容が昨日と違っているんだ、と訴えたところで、こちらにも三宅さんのところにも、他でもない辻さんがサインした契約書があるのだ。

辻さんはそれしかないと思っているようだが、この状況では、立会人の僕が一緒に訴えたところで聞いてもらえないだろう。第三者が見れば、誰でも三宅さんの方が正しいと言う。

だが。

「でも、確かに昨日の契約書じゃ、映研が甲でパソ研が乙だったはずなんだけど……」

画面で見て確認した。辻さんもそうしていた。序文から全部読んだし、読み落とした可能性はまずない。いつから内容が変わってしまったのだろう。

そういえば、と思い携帯を出す。印刷する前、契約書をコピーしてメールで僕の携帯に送ってもらっていたのだ。そちらにはまだ、締結時そのままの文面が残っているかもしれない。

だが携帯を出すと、その瞬間に携帯がぶるぶると震えた。

三宅さんからのメールだった。件名に「契約内容」とだけ書いてあり、本文は空だった。添付ファイルがついているので、それを開く。何かの連絡だろうか。

だがその瞬間、携帯が急に何かのデータのやりとりを始めた。画面が一瞬空白になり、何度かメールフォルダ画面をちらつかせた後、なぜかメールフォルダが勝手に閉じられてホーム画面に戻ってしまう。そのホーム画面もちらつく。アプリのアイコンが全部消え、再び現れ、また全部消えた。

「……何だ？」

見ているうちに画面がぱっと消え、なぜか携帯本体のメーカー名が表示され、起動画面になった。再起動したらしい。

携帯が勝手に動く、というのは恐怖である。何があったのかと不安になったが、しかし携帯の方はどんどん起動の動作を進めていて手出しができない。見ていると、じきにいつものホーム画面に戻った。

だが様子がおかしい。アイコンの数が少ないし、整理されていない。見覚えのない状態だった。ぞっとした。背中がきゅっと縮まる感触がある。

操作可能になったらしいので、大急ぎでメールフォルダを開く。メールフォルダの中は空になっていた。受信箱、ゴミ箱、どこを捜しても何もない。もはや決定的だったが、僕は諦《あきら》めきれず、アドレス帳を開いた。アドレス帳も空になっている。落としたアプリも消えている。

もはや、認めるしかなかった。

「……僕の携帯が、初期化されてる」

今日の放課後すぐに見た時は無事だった。だとすれば、さっき三宅さんから来たメールを開いたのが原因だろう。ということは、あれにウィルスが仕込まれていたのだろうか？

「葉山君？」

不安げな顔でこちらを見ている辻さんに答える。

「携帯が初期化された。たぶん、三宅さんがウィルスを送ってきたんだ」

それを聞いた辻さんの顔がさっと強張《こわば》った。「……何してんの、あの人？」

三宅さんが出ていった本館側のドアを振り返る。もちろんもう彼はいない。だが。

「間違いない。契約書絡みで何かあるんだ」

つるつるの初期状態にされてしまった手の中の携帯を見る。三宅さんが僕の携帯にウィルスを送りつけたとすれば、その目的は一つしかない。僕が持っていた契約書のファイルを消すことだ。

メールは全部確認済みだしゲームのデータなどはサーバに残っている。だがアドレス帳が台無しである。なんてことをしてくれたんだ、と思い、どうしようもない気分で頭を掻く。「そこまでやるか……？」

「じゃあ、それってやっぱり揉み消すためだよね？」辻さんが僕から契約書のクリアファイルを奪い取る。「契約書に細工したってことでしょ？　最悪」

そこのところには同意する。何もそこまで、と思うのだが、立会人の僕が登場したため、三宅さんはこのままでは細工がばれると思い、僕の携帯のデータを消したのだ。

だが、大きな問題が一つあった。

三宅さんは「契約書に細工」して、柳瀬さんに関する映研とパソ研の契約内容を逆転させた。言葉にするのは簡単だ。だが、契約書には確かに辻さんと三宅さんのサインが入っている。偽造ではない。確かに昨日サインしたのがこれなのだ。ちゃんと二部、同じものを作り、サインしてそれぞれが保管する、という方法をとった。大人がやるような方法であり、手抜かりはないはずだった。

なのに辻さんは身に覚えのない契約書にサインさせられる結果になっている。こんなことができるのだろうか？　これができるなら、実社会でもこの手口で際限なく詐欺ができることになってしまう。そんな方法があるのだろうか。

3

透明のクリアファイルから契約書を出す。Ａ４判の白い、どこにでもある普通のプリンタ用紙である。ＣＡＩ室のプリンタにいつもセットされているものだ。紙にはどこにも異状はない。折った痕も切り貼りした痕ももちろんない。そんなものがあれば辻さんが気付いている。裏返して蛍光灯に透かし、サイン部分を撫でてみる。筆圧の痕がかすかに山を作っており、コピーや何かで偽造されたサインでないことも明らかだった。「書いた字」というのは、けっこう映像的に覚えているものなのだ。間違いなく、辻さんと三宅さんが昨日、手で署名したのはこの紙だった。女子らしくない角ばった字も、少し右肩下がりに署名されているところも記憶にある。

「……サインとか、契約書そのものを後から偽造したわけじゃないみたいだけど」

辻さんに契約書を返すと、辻さんも僕と同じように署名部分を撫でた。「これ、あたしが昨日したサインだよね？」

「間違いないと思う」

「……あたしこんなに字、下手だったかな」

「認めようよそこは」

もちろん認めているようで、辻さんは口をへの字にしている。さっきより元気になっているのは、原因が自分のうっかりではなく三宅さんのインチキによるものだ、とはっきりしたからだろう。

「やっぱ三宅さん捉まえて訊こう」

「待った」言うなり駆け出そうとする辻さんのコートの裾を摑む。「訊いたって認めないって」

「でも、このまま放っておけないよね？　これ放っといたら流行《はや》らない？　どんな手口なのか明らかにして社会に広めないと」

社会ときた。すでに映研のことをすっ飛ばしてジャーナリズム精神を発揮し始めている辻さんをなだめる。「三宅さんは契約書をたてに柳瀬さんを連れてったんだから、間違いなく意図的にやってるんだ。どんなに尋問したって認めないって」

僕の携帯にウィルスを送ったのだって、そのメールごと消せば証拠が残らないと計算してやっている。こう考えてみるとひどい人だ。だがそれだけに、証拠を突きつけでもして追いつめない限り絶対に認めないだろう。

「でも、どうやったかなんて」辻さんは契約書に視線を落として考え込む顔になった。「偽物の契約書を用意して、それとどこかですり替えたっていうのはどうかな？」

それはありえない。僕がその理由を言おうとすると、辻さんは自分で言った。「それはありえないよね。サインは本物なわけだし」

僕は開きかけた口を閉じて頷く。

辻さんはまた言った。「後から、あぶり出しみたいな何かで文面が変わるようにしたってっていうのはあるかもしれないよね?」

僕が喋《しゃべ》ろうとすると辻さんはまた自分で言った。「いや、ありえないか。紙は普通のプリンタ用紙だったし、そもそも変な紙とか使ったら後で絶対バレるし」

「……うん。そうだね」紛らわしいが、別に僕に言ったのではなく独り言だったらしい。いちいち口に出るだけのようだ。

それでもまだまだあぶり出し的な何かの線を捨てきれないのか、契約書を撫でまわしながらくるくる回してためつすがめつしている辻さんから視線を外し、窓から下を見る。真冬だが、校舎裏の花壇では園芸部の人たちが手入れをしているらしいパンジーが揃って花を咲かせている。

……契約書を変換したり、すり替えたりしたのでないということは。

「……辻さん。その契約書、サイン前に内容確かめた?」

「確かめたよ。葉山君も見たよね」

「いや、僕が見たのは画面でだから。印刷したやつを、サインする前にチェックした?」

辻さんは沈黙し、自分の失敗に気付いたのだろう。暗い顔になって首を振った。

僕の記憶でも、プリンタに張りついて、印刷されて出てきた契約書を取ったのは辻さんだが、彼女がそこから署名するまでの間にもう一度文面をチェックした様子はなかった。画面で確認しているし、見る限り、辻さんはそこまで几帳面な性格ではない。

だとすれば、三宅さんはそれを利用したのかもしれない。僕たちが画面で見た契約書と、印刷されて出てきた契約書が別のものだったらどうだろうか。

「……あたしたち、偽物の画面を見せられてたってこと?」辻さんもそこに気付いたらしい。

「考えられるのは、たぶんそこしかない」

僕は頷いたが、辻さんはすぐに言った。「でも、どうやるの? あれは普通のＷｏｒｄ(6)の画面だったし」

「それに似せたダミーだったっていうことはないかな? あの端末を選んだのも契約書の文面を作ったのも三宅さんだし」

僕はそこまでパソコンに詳しくないが、パソ研なら、何かそういうものを用意できたのではないか。ダミーの画面を見せる。あるいは偽の文面をあらかじめプリンタに送信しておき、画面に表示されたものよりそちらが先に印刷されるようにする。

だが辻さんは首を振る。「だって、四条はあたしがその場で考えて打ち込んだんだよ?」

「あ」

その点を忘れていた。ダミーの画面などを用意して僕たちにはそれを見せ、印刷するのは元から用意してあった、パソ研に有利な文面——というような手口は無理なのだ。そういった手口の場合、あらかじめ、すり替えるべき完成品の文面を用意しておかなくてはならない。だが

(6) Microsoft Corporation が提供する世界シェアNo.1のワープロソフト。横書きには向いているが縦書きが苦手で、ルビをつけるとその行の前後ががばっと空いてしまったり、それを直すためページ設定をすると一ページの行数が表示と合わなくなったりする。早くなんとかしてほしい。

今回は辻さんが直前で四条を足し、すぐに印刷している。そして印刷時、三宅さんはマウスを少し操作しただけで、キーボードには指一本触れていない。マウスでコピー&ペーストするにしてもあまりに早業すぎる。

「でも、パソ研なら何か……僕たちが想像もつかないような、すごいプログラムを使ったとか」

「あの人、そんなすごくないと思う。そっちの映像の柳瀬さん、合成じゃ駄目なんですかって訊いたら、『そんな技術が俺にあると思うか?』って誇らしげに答えてたもん」

なぜ誇らしげなのか分からないが、確かに、詳しいと言っても高校のパソ研なのだ。僕たちが想像もつかないような知識やスキルを使えるなら、そもそも実写の柳瀬さんにこだわってここまで問題をこじらせない気がする。

しかし、そう考えるとますます分からなくなってしまう。僕たちと大差ないITスキルで、契約書の偽造をしたわけでもなく、紙に何か仕掛けをしたわけでもなく、しかし画面で確認したのに、できあがってきた契約書の内容はパソ研に有利なものに変身していたのである。僕たちが画面で確認してから印刷されるまでのほんの数秒の間に、特に何の操作もしていないのに契約書の内容がくるりと変わってしまったことになる。まるでマジックだった。いや、マジックなら契約書をすり替えるとかいった方法もある。それすらせずに、ということになるともはや妖術である。

僕はどことなく怪しげな印象のある三宅さんの顔を思い浮かべた。修正液人間。右手の人差し指から修正液が出て、紙面を指でなぞるだけで書かれた文字が消える。中指からはインクが出て、書き込みたい文字を書き込める。その力を使って一瞬のうちに文字を書き替えた。……だとしても無理だ。印刷された契約書に対し、三宅さんはサインをする以外ほとんど触れもしなかった。

隣で腕を組んでいる辻さんが呟く。「修正液人間……」思考伝播だ。(7)

「いや、無理か」辻さんは一人で首を振り、それから僕を見る。「葉山君、分かる?」

「全く分からない」お手上げのジェスチャーをしてみせる。「怪奇現象としか思えない」

すると、本館側のドアがぎいいいい、と開いた。ただの通行人だと思ったがそうではなく、渡り廊下に入ってきた長身の男子は文芸部の伊神さんだった。

「伊神さん」

この人が放課後の渡り廊下にいきなり登場するとは思っていなかった。なにしろ三年生なのだ。今週末にはセンター試験があり、この時期、市立《ウチ》の三年生はそもそもあまり登校しないはずなのだが。

「……珍しいですね。来てたんですね」

「まだ卒業してないよ僕は。それより」伊神さんは僕たちに向かって一直線に近付いてきた。「葉山君。君さあ、何かさっき『怪奇現象』とか叫んでいたように聞こえたんだけど」

(7) 考想伝播。「頭の中で考えていることが他人に読まれているように感じる」という、統合失調症等で現れる典型的な妄想の一つ。神経が異常に過敏になっている証拠なので、無理せずに精神科のお医者さんに相談しましょう。

「え。いや、叫んでいたわけでは」ほとんど呟く程度の音量だったはずだが。「聞こえたんですか？」

「聞こえた気がしたんだよね」伊神さんは覆いかぶさるように僕に接近してきた。「何？　君、怪奇現象を体験しているの？」

「いえ、別にそういうわけじゃ」今まさに体験している。なぜあれが聞こえたのだろうか。

「ただちょっと、その、不可解な、というか、どうしてこうなったのか分からなくて」

「『どうしてこうなったのか分からない』。……うん。いい言葉だよね。大切なのは疑問を持ち続けることだ。神聖な好奇心を失ってはならない⑧」伊神さんは腕を組み、僕の前に立ち塞《ふさ》がると、すっ、と手を差し出した。「さあ」

「『さあ』って。……あの、伊神さん、いいんですか？　センター試験前ですけど」

「ここで君から話を聞くことと、今週末の試験の結果の間に何か因果関係があるの？」

「いえ、時間が。受験生を巻き込むわけには」

僕は受験生の手を煩《わずら》わせることに躊躇《ちゅうちょ》していたが、隣の辻さんが急に前のめりになった。

「そうなんです！　ほんと怪奇現象なんですよ。絶対三宅さんの、何かのトリックだと思うんですけど」

「ほう。パソ研の三宅君か」伊神さんは僕と辻さんの間に割り込むと、喋る様子のない僕にはさっさと背を向けて辻さんにプレッシャーをかける。「最初から話してもらおうかな。何がどう怪奇現象なのか。トリックとも言ったね。面白そうだ」

半歩下がって伊神さんの背中を見ながら、そういえばこの人はこういう人だったな、と思い出す。この人は謎とか怪奇現象とか不可能犯罪といったものが大好きなのだ。これまでにも僕は自分が体験した変な事件について他人に相談したことがあったが、伊神さんはそのたびに目を輝かせて聞き入り、その場にいない場合はどこからともなく出現して、事件について根掘り葉掘り訊き出すのである。文芸部より超自然現象研究会に入ればいいのにと思うが、伊神さんは「超研は会員が多すぎる。僕は部活動は一人でやりたい方なんだ」と、部活動の根本を否定するようなことを言って首を振った。

辻さんは突然登場した伊神さんの勢いにしどろもどろになりながらも、身ぶり手ぶりを交えつつ事件の経緯を丁寧に説明していた。辻さんにしても、このまま終わるくらいなら誰の手でも借りたいらしい。話を聞く伊神さんは楽しげにふむふむと頷き、全身から熱を発している様子で周囲の空気を揺らめかせている。

「……ほほう。すると、彼に特殊なプログラムを組む能力はなさそうだね」伊神さんはふむふむと頷きながらくるりと回れ右をし、反対側の壁に向かって歩き出した。「ＣＡＩ室の端末はシャットダウンするとリセットされる。何かをインストールしても証拠は消えるわけだけど、彼の能力でできる範囲となると」

「葉山君の携帯にウィルス送ってきたのは……」

「当然、元の文書のファイルを参照されるとまずかったからだ」伊神さんは反転して戻ってき

（8）アルベルト・アインシュタイン。

た。「つまり元の文書は正しい契約内容が表示されているか、あるいは」

辻さんは契約書を見せる。「契約書、これなんですけど」

「印刷物に何も不審な点がないとなると、プリンタ側に仕込みをしたということでもないようだけど」伊神さんは辻さんの差し出した契約書を目にも留まらぬ速度で奪い取ると再びくるりと反転し、ぶつぶつ言いながら反対側の壁際に歩いていった。「……しかし、この名称は作為と見るべきだな」また反転して戻ってきた。「文章を辻君に自由にいじらせたというのが問題だが、しかしこの点だけならば」

本館側のドアが開き、女子が二人入ってきた。入ってきた女子はぶつぶつ言いながら廊下の端から端までを往復する伊神さんを見てぎょっとし、回れ右をしてそそくさと逃げていった。

「……伊神さん、歩く必要はないんじゃ」しかも一定の地点をひたすら往復しているため、傍《はた》目《め》にはひたすら無意味に映るだろう。無意味なことを熱心に繰り返す人間というのは見ていて怖い。「縄張りを守るトンボみたいです(9)」

辻さんが同意した。「なんか『敵キャラ』っぽい動きのパターンだよね」

「しかしこのフォントには見覚えがあるな。普通、契約書には用いないものだが」伊神さんは僕を無視して戻ってくると、辻さんに契約書を見せる。「辻君。契約書のこのフォントは、君が指定したものなのかな?」

「フォントですか?　いえ」

辻さんは初めてそれに気付いた、という様子で、差し出された契約書を見る。横から覗き込む僕も気付いた。契約書はそういえば、明朝体やゴシック体といったよく使われるフォントではない。

「メイリオというやつだね。……借りるよ」伊神さんはいきなり辻さんのそばに寄ると胸元に手を伸ばし、彼女がブレザーの胸ポケットに入れていた手帳とボールペンを取り、器用に契約書のフォントを真似て「人並の才に過ぎざるわが友の深き不平もあはれなるかな[10]」と書いてみせた。「こういった感じになる。大抵の端末にもプリンタにもインストールされているメジャーなフォントだけど、初期設定にはなっていない。あえて選択しないと登場しないはずだ」

「フォント……」

よく女子の胸ポケットに手を伸ばせるなと思いつつ、契約書と、伊神さんの手帳の文字を見比べる。なるほど契約書はこのフォントである。「それ、重要なんですか？」

「極めて重要だよ。なにしろトリックの証拠だから」

「トリックの証拠？」

いきなり言われたので、こちらは鸚鵡返しに反応する以上の余裕がない。証拠、ということは、もう謎が解けたということなのだろうか。

「それと葉山君。パソ研の正式名称は何だったかな」

---

(9) 主としてヤンマ系のトンボは、狭い距離をひたすら往復する習性がある。そのため捕まえようとして逃げられても、待っているとまた戻ってくるので結局捕まる。何をやっているのだろうか。

(10) 石川啄木。

秘書にスケジュールを問うような調子で僕に訊く。僕は「パソコン研究同好会、だと思いますけど」と答え、本当かどうか怪しかったので携帯で市立《ウチ》のサイトを出して確認した。その通りだった。

「じゃ、映研は」

「……映像研究会、です」辻さんが答える。

「だよね」伊神さんはすでにその答えを分かっていた様子で、辻さんに手帳とボールペンを返す。「だとすれば、それが第二の証拠になる」

辻さんは手帳とボールペンを受け取って啞然《あぜん》としている。僕も驚いていた。

それを見てか、伊神さんは説明を付け加えてくれた。

「契約書を見てごらん。他の部分は形式ばって書いてあるのに、なぜか序文のそこだけは正式名称と違う『パソコン同好会』で済ませている。本当なら正式名称で『パソコン研究同好会』と表記すべきなのにね。一方で映研の方も『映像研究同好会』と表記している」伊神さんは辻さんの持っている契約書を指でぱちんと弾いた。「つまり、意図的にそう表記されたわけだ。三宅君としては序文に『パソコン研究会』と書くわけにはいかず、どうしても『パソコン同好会』と書かなければならなかった。同様に映研も『映像研究同好会』と表記する必要があったんだ。これが第二の証拠だよ。……ここまで言えばもう分かるでしょ。君にも」

分からない。そのことがひどく恥ずかしく感じられ、僕は考えるふりをして契約書に目を落とす。フォントが明朝体やゴシック体でなくメイリオであること。序文のところに「パソコン研究同好会」と正式名称で書かれず、「パソコン同好会」と書かれていること。その二つが、三宅さんの用いたトリックの証拠だという。

隣の辻さんを見ると、契約書に顔をうずめるようにしてうんうん唸《うな》り始めていた。当然だろう。僕たちからは不可能犯罪にしか見えない。

しかし伊神さんは言った。「CAI室に三宅君を呼んでもらおうかな。トリックの解説をすれば、おそらく彼も諦めるだろう」

4

「だから、それはもう済んだことだと思うんだけど」
「済んでないってことが分かったから呼んだんです」
「撮影中だったんだけど」
「こっちも柳瀬さんいなくて撮影進んでないんで」

前を歩きながらずっとぶつぶつ文句を言い続けている三宅さんに対し、辻さんもずっと言い返し続けている。それを後ろから見ながら、気が合うと思ったのは勘違いだったかな、と反省した。

僕の隣を歩く柳瀬さんは契約締結時こそ立ち会っていなかったが、何かある、とは思っていたらしい。これまでの経緯を聞くと、さもありなんという顔で頷いた。「おかしいなとは思ったから、後で話、聞いてみようと思ってたけどね」

それから僕の背中を叩く。「やるね」

「いえ、僕は何もしてないんです」なので居心地が悪い。「伊神さんが突然出現して、さっき『解けた』と」

本当に解けたのか、真相はどうだったのかは伊神さんから一切聞いていない。ただ「トリックの解説をするから三宅君を呼ぶように」と言われてそうしているだけである。三宅さんは外で撮影中のところをかなり強引に連れられてきた、というより柳瀬さんが先に承諾してくれたので渋々ついてきた、という構図なので、もし解けていなかったら、と不安になる。対して、前を歩く辻さんはその点をあまり心配している様子はない。度胸の差だろうか。

とにかく、言われた通りに三宅さんをＣＡＩ室に連れていく。もともとここはパソ研の活動場所だったが、現在活動中の会員は皆、撮影の方に参加しているようで、部屋にいたのは伊神さんと、たしか三年生の元会員の人、一人だった。引き戸を開けると、二人は待ち構えていたようにこちらを向く。

「浦和《うらわ》先輩」三宅さんが三年生を呼ぶ。

「伊神から聞いたぞ。面倒起こすなよ」浦和と呼ばれた三年生の方は、三宅さんを見て溜め息をつき、それから辻さんを見た。「映研って君？　ごめんね。うちの会員が」

「いえ、面倒っていうか」

三宅さんは先輩が出てくるとは思わなかったらしく、もじもじして体を揺すった。砂から頭を出してこういう動きをする魚を水族館で見たことがある。何だったかな、と思った。

「浦和」伊神さんが言う。「頼む」

「ああ」浦和さんは肩をすくめる。「……伊神、自分でできるだろ。このくらい」

「コンピューターって好きじゃないんだよね。論理で動くくせに非論理的に壊れるから」

端末の前に座る浦和さんは横に立つ伊神さんを見たが、諦め顔でマウスを操作した。「文章、これでいいんだな」

伊神さんは画面を見て頷くと、僕たちに言った。「三宅君が使ったトリックがこれだよ。画面を見てごらん」

三宅さんは動かなかったが、辻さんは飛びつくように、柳瀬さんも興味深げに、伊神さんの前にある端末に集まる。僕は席を譲った浦和さんに並んでその後ろから画面を見た。


三宅一馬はパソ研会員である。


画面にはそれだけ表示されていた。普通の、Ｗｏｒｄの入力画面である。

「君たちは今やっているように、画面で契約書の内容を確認した。……事件時と同じように、好きな言葉を付け加えてもいいよ」

伊神さんに画面を指し示されると、腰をかがめて辻さんの隣で画面を見ていた柳瀬さんはキーボードを引き寄せ、かたかたと言葉を足した。

三宅一馬は細長いパソ研会員である。

本人がいるのに、と思ったが、三宅さんは画面を見ず、僕の後ろでそっぽを向いている。

「印刷するよ。辻君、紙を取ってごらん」

伊神さんはそう言い、マウスを取って印刷の操作をする。部屋の隅にあるプリンタがすぐに動き出し、慌てて立ち上がったため後ろに吹っ飛んだ椅子を僕の脛《すね》にぶつけつつ、辻さんがそちらに駆けていく。

「……あ！」

プリンタから出てきた紙を取った辻さんが大きな声をあげた。「文章、変わってます！」

僕は脛を撫でながら、辻さんが持ってきた紙を受け取る。


三宅一馬は細長いチンアナゴである。


「あっ、思い出した。『チンアナゴ』だった。砂から頭だけ出してるあの魚(11)ですよね？」柳瀬さんが、どちらかというと本題でないところに反応して伊神さんを振り返る。「三宅君、あれに似てるんですよ」

そうだチンアナゴだったと思い出したが、それどころではない。僕は再び画面を見た。画面の方は相変わらず「パソ研会員」と表示している。なのに印刷された紙では「チンアナゴ」になっていた。

「メイリオ……」

僕は気付いた。印刷した紙の方はフォントが変わっている。画面の方は普通の明朝体だ。NS明朝、と表示している。

「……ん？　『NS明朝』？」

普通、パソコンにインストールされているのは「MS明朝」体ではなかったか。

「気付いたね」後ろから伊神さんの声がした。

振り返ると、伊神さんが腕組みをしてこちらを見ている。三宅さんは二歩ほど離れて口許を手で覆い、目をそらしていた。

「画面で確認したのに、印刷された契約書の内容が変わっていた」伊神さんが言う。「これがその方法だよ。つまり、フォントを利用したトリックだ」

それを聞いて、僕の頭の中でも謎が解けた感触があった。魔法でもマジックでもハッキングでもない。確かに、できるのだ。ネット上に落ちているフォント作成ソフトを使うだけで。

(11)　ウナギ目アナゴ科の海水魚。体長は四十センチ程度であり、にょろにょろとひたすら長細い「千歳飴」のような形の体をしている。普段は体の後ろ側を半分以上砂の中につっこみ、頭の方だけニュッと突き出してゆらゆら揺れているが、その様は遠くから俯瞰すると「砂地に生えた毛」のようでユーモラスである。敵が来ると大急ぎで頭まで砂に潜る。

「問題の契約書だけど、辻君たちが確認した序文では『映像研究同好会を甲、パソコン同好会を乙とする』と書いてあった。それが印刷すると『パソコン同好会を甲、映像研究同好会を乙とする』となっていた」伊神さんは、辻さんがデスクに置いている契約書に視線をやる。「ま、うまい手だよね。序文のここさえ入れ替えてしまえば、契約の内容がまるきり逆転してしまう。しかも、『パソコン同好会』や『映像研究同好会』という単語は以後は『甲』『乙』と表記されるから、序文のここにしか出てこない」

　辻さんはまだわけがわからないようで、印刷された紙と画面をきょろきょろと見比べている。

「それなら簡単だ。画面に表示される契約書と実際に印刷される契約書で、『パソコン同好会』と『映像研究同好会』の部分だけが入れ替わっていればいい」伊神さんは画面を指さす。「つまり、そういうフォントを作ってインストールしておけばいいわけだ。三宅君は事件前にトリック用のフォントを作り、それを使って契約書を作った。……浦和君に今、再現してもらったのがこの『ＮＳ明朝』だよ。そのフォントで『パソコン同好会』とか『映像研究同好会』って打ってごらん」

　辻さんは飛び込むように椅子に座ると、何度かミスタイプをしながらキーボードを叩いた。そして声をあげた。「あれっ？」

　辻さんは首をかしげながら何度も打ち直してはバックスペースキーで消している。後ろから僕も確認できた。辻さんが「パソコン」と入力すると画面には「映像研究」と表示されてしまう。逆に「映像研究」と入力すると、画面には「パソコン」と表示されてしまうのだった。

辻さんは何度かその操作を繰り返し、やがて首を三十度ほど傾けたままフォントを普通の「MS明朝」に変更した。今度は入力した通り、ちゃんと「パソコン」と打てば「パソコン」と、「映像研究」と打てば「映像研究」と表示されている。

辻さんは伊神さんを振り返った。「……このフォント、おかしくないですか?」

「だから、それがトリックなんだってば」

伊神さんからすると辻さんは呑み込みが遅すぎるらしい。伊神さんは仕方ない、という顔をすると、辻さんに歩み寄り、また彼女の胸ポケットからボールペンを取った。「借りるよ」

辻さんは首筋をつままれたネコのように固まって伊神さんを見上げている。

「いいかい? 世の中にはフォントというものがあるんだ。たとえば『MS明朝』で『パソコン』と書くとこうなる。『MSゴシック』ならこうで、『HGP行書体』ならこういう字になる」

伊神さんはボールペンで、さっき印刷した紙の余白にそれぞれのフォントを真似て「パソコン」「パソコン」「パソコン」と書いてみせた。コンピューターは嫌い、と言っていたが、こういうことに関しては随分と器用である。

「同じように、三宅君が作ったトリックフォントで『パソコン』と書くと、こういう字になるんだ」

伊神さんは紙の余白に「映像研究」と書いた。

「フォントを作れるということは、そのフォントでの文字の形を自由に決められるということでしょ。つまり、『MS明朝』の『パ』、『HGP行書体』の『パ』は、このフォントだと『映』

という形になる。『映』という形をした『パ』という文字なんだ。同様に、このフォントだと『ソ』は『像』、『コ』は『研』、『ン』は『究』という形をしている。逆も同様だね。『映』は『パ』、『像』は『ソ』、『研』は『コ』、『究』は『ン』という形をしているんだ。もちろん、他の文字は普通の『MS明朝』をそのまま使ってる。だから、このフォントを使って『パソコン同好会を甲、映像研究同好会を乙とする』と入力すると、画面上では『映像研究同好会を甲、パソコン同好会を乙とする』と表示される」

　伊神さんはプリンタを振り返る。

「だがもちろん、プリンタの方にはこんなフォントはインストールされていない。そういう場合、プリンタは既存のフォントに読み替えて印刷する。このプリンタの場合は『メイリオ』だったわけだけど」

　伊神さんが「メイリオ」というフォントにこだわっていた理由がこれだった。

「トリックフォントでは『パソコン』と打つと『映像研究』と表示されるけど、既存の『メイリオ』なら、『パソコン』はきちんと『パソコン』と表示される。つまり、トリックフォントで『映像研究同好会を甲、パソコン同好会を乙とする』と表示されていた文章が、『メイリオ』で印刷されると『パソコン同好会を甲、映像研究同好会を乙とする』になってしまう」伊神さんは持っているボールペンを手の上でしゅるる、と二回転させた。「そういうトリックだよ」

　そういえば、伊神さんがもう一つこだわっていた点があった。契約書では正式名称の「パソコン研究同好会」が用いられず、「パソコン同好会」になっていた。映研の方も「映像研究会」

ではなく「映像研究同好会」になっていた。その理由がこれだったのである。「パソコン」と「映像研究」を入れ替えるためには、両者の文字数が一緒でなくてはならない。当然、僕の携帯のデータを消したのもそうだ。携帯で元の文章を参照されると、このトリックはすぐにばれてしまう。

伊神さんは手を伸ばし、ボールペンを辻さんの胸ポケットに差し直した。辻さんは呆然として伊神さんを見上げているだけである。「すごい……」

浦和さんが声をあげた。「三宅」

浦和さんの視線の先を見ると、三宅さんは背中を丸め、こそこそとCAI室から出ようとしていた。

「三宅。こっち来い。辻さんに謝りなさい」

もはや、あれやこれやと問答をする必要はなかった。このプリンタはインストールされていないフォントを「メイリオ」に変換して印刷する。そして問題の契約書のフォントも「メイリオ」だった。それだけで、トリックを使った証拠としては充分だろう。

三宅さんはこちらに駆け戻ってくると、両手をついてデスクに額をぶち当てた。「すいませんっ！　勘弁してください」

「あたしもそうだけど、葉山君に謝ったらどうですか？　葉山君の携帯壊したのも三宅さんですよね？　あれですよ、不正指令電磁的なんとか」

不正指令電磁的記録取得罪、だったと思う。いわゆるウィルス取得罪である。だが。

僕は辻さんの方にも驚いていた。自分が騙《だま》されたことより、僕の携帯のデータが消されたことの方を先に言ってくれた。同じクラスというだけでどんな人だか知らなかったが、いい人のようだ。

顔を上げずひたすら「すいませんでした」「勘弁してください」と繰り返す三宅さんからふと視線を上げて見ると、いつの間にか伊神さんはＣＡＩ室から出ていこうとしていた。

「伊神さん、……ありがとうございます」

礼を言ったが、伊神さんは振り返って微笑《ほほえ》んだ。「いい暇潰しだった。受験勉強は退屈でね」

伊神さんに続いて帰る浦和さんにも礼を言い、三宅さんには契約書の無効を納得させる。辻さんは容赦《ようしゃ》なく「もう絶対、柳瀬さん貸しませんから」と言っていた。

僕は伊神さんが出ていったＣＡＩ室の戸を見ていた。変人と呼ばれてもいるらしく、実際にその通りなのだが、あの人はやはり凄い。やたらと頭が切れるのは知っていたが、ここまでとは思っていなかった。

隣で三宅さんを見ていた柳瀬さんが呟いた。「うーん……砂から頭だけ出してるチンアナゴだわ」

そこはもう、わりとどうでもいいはずだが。

結局、映研とパソ研の揉め事はこれで決着した。僕の携帯のデータは飛んだままであり、せっかく登録していた友人のアドレスは皆消えてしまった。それだけでなく、どうもウィルスの作用で僕のアドレスが漏れてしまったらしく、それからは携帯に毎日、二十件近くの迷惑メールが届くようになってしまった。三宅さんには平謝りされたが、彼もどうすることもできないようだったので、仕方なく僕はアドレスを変えた。この時、柳瀬さんにアドレスを伝えていなかったことが、このしばらく後に起こる幽霊騒ぎに影響しているわけなのだが、もちろん当時の僕がそのことを知っているわけがなかった。

そしてこの後、僕は伊神さんと一緒に、学校内外で起こる様々な事件に遭遇することになる。僕の運命はこのあたりから加速度的におかしな方向へ転がりだしたと言える。

事件に満ちた異世界への扉は、この時すでに開いていたのだ。

的を外れる矢のごとく

1

大型の鳥がそうするように、両手が高く掲げられる。弓弦《ゆみづる》が滑らかに引かれ、番《つが》えられた矢が目の高さに下ろされると、平行四辺形を描く弓と弦が、力の拮抗にぴんと張りつめる。水平に保たれた矢が一定の速度で口の高さまで下降し、そこで静止する。音が止み、時が止まる。ばぼろべぼろばぼろべぼろぶー。ファゴットの音階が響く。

静止していた弓弦が、かしん、という乾いた音とともに弾ける。一瞬遅れて、たん、と引き締まった音が続いた。見ると、矢は的の中心から三割、といった位置に命中していた。これで三射《しや》二中《ちゆう》。僕は鉛筆を置いて拍手した。

「拙者親方と申すはお立ち会いの中《うち》に御存知のお方も御座《ござ》りましょうが、御江戸を発って二十里上方《かみがた》、相州《そうしゆう》小田原一色町《いつしきまち》をお過ぎなされて青物町《あおものちよう》を登りへおいでなさるれば」柳瀬さんの声が朗々と響く。

矢のなくなった弓を構えたまま、射手の視線はまだ的に据えられている。まるで射撃の余韻、矢の作った衝撃波で的を射抜き続けているかのように見える。やがて射手は手に残っていたもう一本の矢を番え、再び弓を引き絞った。

ばしゃり、とフラッシュの光が射手を襲う。弦を引く右手が一瞬行きつ戻りつしたかのような印象があり、それでもこれまで通り、矢が放たれる。「殊《こと》の外《ほか》世上に弘《ひろ》まり、方々に似看板《にせ》を出《いだ》し、イヤ小田原の、灰俵《はいだわら》の、さん俵の、炭俵のと色々に申せども」柳瀬さんの声がそれにかぶさり、とどめにファゴットのばぼばぼばぼばぼばぼぶー、の音がのしかかってきて、弓の音が聞こえなくなる。中《あた》ったのだろうかと思って的を見たら左下に外れていた。この場合は拍手をしていいのかどうか分からなかったので、とりあえずやめておいた。

「イヤ最前より家名の自慢ばかりを申しても、御存知ない方には正身の胡椒の丸呑み、白河夜船、さらば一粒食べかけて」

「柳瀬柳瀬、ありがとう。もうストップ。むしろギブアップ」

「イヤどうも云えぬは、胃、心、肺、肝がすこやかになりて、薫風喉《のんど》より……もういいの?」

外郎売《ういろううり》(1)と変わらぬ発声のまま柳瀬さんが訊くと、すでに弓を置いた更科《さらしな》先輩が靴を履いてこちらにやってきた。「ありがとう。もういいよ。分かった。すごいよく分かった」

ばぼばぼばぼ、と音が続いているので、隣に座ってファゴットを吹き続けている秋野麻衣《あきのまい》をつついて止める。秋野はリードを口から離し、僕と更科先輩を見比べた。「……もう、いいの?」

「いやあ、弓道って恰好いいっすねえ。シュールでしたけど」カメラを構えたミノこと三野小次郎《みのこじろう》が無遠慮にもう一発、更科先輩に向けてフラッシュを光らせた。「練習になったっすか?」

「なった。特にフラッシュが一番きつかった」更科先輩はがっくりと脱力して柳瀬さんに抱きつく。「あんたの声はすぐ慣れたんだけど。うー」

柳瀬さんは唸《うな》る更科先輩の背中をぽんぽんと叩く。的の方を見ると、先輩同様に道着を着た一年の大日方《おおひがた》君が矢取りをしていた。

確かにシュールだな、と思う。晴れ渡る空と放課後の弓道場。道着で弓を引く更科先輩と看《かん》的《てき》に控える大日方君はいい。だが矢道《やみち》（射手の立つ道場から的場までの間）の脇、パイプ椅子の並ぶ観覧席では、僕がスケッチブックを広げて練習中の更科先輩をスケッチしている。隣では柳瀬さんが声を張り上げて発声練習をし、秋野がファゴットを吹いている。その隣ではミノがカメラのフラッシュを光らせて先輩を撮影している、という状況である。

むろん通常なら許されない行為である。弓道部の練習中に横でこんなことをしていたら「弁慶の最期」みたいにされても文句は言えない。[2]だが今回は、弓道部部長の更科先輩に頼まれてやっているのである。

更科先輩は弓道歴九年。「継ぎ矢[3]の晴香《はるか》」の異名を持つ我が市立高校弓道部のエースなのだが（継ぎ矢については昔、公式戦で一度出たことがあるだけらしいが）、前回の大会でよその

（1） 演劇の発声練習で読む演目の一つ。もとは歌舞伎の台詞の抜粋である。だいたい途中で舌を噛む。

（2） 実際にはむしろ「危ないから出ていけ！」と怒鳴られる。

（3） 的に当たった矢にさらに矢が当たること。矢が壊れる上に場合によっては外れにされてしまうので、やった方は素直に喜べない。

学校があげる声に気をとられて外してしまったらしい。その学校は応援というよりむしろ他校を威圧するのが主目的だと思われるような怒鳴り声をあげていたそうで、マナー的にどうなのかとは思うが、そもそも他校のマナー違反ごときで集中を乱されるようでは甘い、ということらしく、「個人練習で精神集中の訓練をしたいから、観覧席に座ってできる限り音を出してくれないか」と頼んできたのである。頼まれた柳瀬さんは演劇部の後輩であるミノと、なぜか美術部の僕と、たまたま教室で一緒にいた吹奏楽部の秋野麻衣を連れて弓道場に参上し、皆でそれぞれの部活の「職能」を活かして最大限に邪魔をした。更科先輩はさすがに僕がじっと見つめてスケッチしている程度では射を乱さなかったが、予告なしに光ったミノのフラッシュには動揺した様子である。

「まあ、目潰しになってたっすけどね。ほとんど」ミノはカメラをしまいながら少々済まなそうである。

「いや、いいアイディアだよ。ありがとう」更科先輩は矢取りをした大日方君にもありがとう、と声を飛ばした。「観覧席で三脚構えてフラッシュ光らせる奴もいるから。……それより秋野さん、楽器外に出していいの？」

頷いただけの秋野にかわって僕が答える。「樹脂製だから、日陰でちょっとなら大丈夫だそうです」

「ていうか弓道部的にはこういうこと、していいの？　これ怒られない？」

「バレたら怒られるかも。でもドアがあんなだから、もしかしたら黙認されてるのかもね」

柳瀬さんが入ってきたドアを振り返るので、僕もそちらを見た。我が市立高校は「柱に原因不明のひびの入った校舎」「雨が降ると水深が増すプール」「床に傾斜のある体育館」と前衛的な設備が揃っていることが自慢なのだが、弓道場の方もその例に漏れず、流れ矢防止のため普通は周囲にネットを張るべきところを、工事現場の仮囲いに使うような高さ三メートルくらいの白い鋼板を立てて済ませている。大日方君いわく、本当にどこかの工事現場から貰ってきたものであるらしい。鋼板にはドアのついたものもあってそこから出入りできるのがネットにはない長所だが、取りつけられたドアは錠がちゃちであり、ドアを持ち上げつつ揺すると開いてしまう。更科先輩以下弓道部員は、それを利用して勝手に出入りしているらしい。

弓道場には他に人はいない。向かって左手の射場から右手の的場までは二十五メートルあるという。的場には屋根が設けられ、その下に六つの的が並んでいる。広々とした空間であり、五月下旬の青空とほどよく乾いた風がよく似合っていた。来週に一学期の中間テストが迫っているため、本来なら部活動禁止の期間だったが、周囲を囲まれた弓道場は入ってしまえば外から見えないということで、更科先輩は放課後、勝手に個人練習をしているらしい。弓も矢も道場内にあるわけだが、道場の戸の鍵も「力の流れを理解すれば」開くらしく、卒業した先輩たちも勝手に入って練習をしていたのだそうである。

更科先輩は僕のスケッチブックを見た。「描いた?」

「いえ、動いてましたから、デッサンはなかなか」途中なので反射的に隠す。「でも、けっこういい絵になる気がします」

たとえば「武道に励む高校生の凛《りん》とした表情」を前面に押し出していけば、大人たちの気に入る「高校生らしい作品」はできるだろうという気がする。技術が伴っていれば、大臣賞とか教育長賞みたいなのは獲れるかもしれない。ゆえに芸術家なら「けっ」と言うべきテーマなのだが、実際に、狙っている時の顔などは恰好いいのだ。作品としては充分成立する。

先輩もそこは自覚しているらしく、頷いた。「確かに会《かい》の瞬間はよく言われるね。でも実際あそこで停止してたら肘死ぬし」

「会は無限の引き分けが理想なので、理屈から言えばできるはずなんですけどね」いつの間にか横に来ていた大日方君が真面目な顔で言う。

「あれ物理的におかしいから。感覚的にはすごいよく分かるんだけど」

武道の専門用語は難解で、僕には分からない。「どういうことですか?」

「狙う動作、つまり『会』ですけど、俺たちはイメージ的には『止まっているけど引き続けている』ようにするんです。そこから『雨露離《うろり》の離れ』——つまり、葉の先に溜まった雨滴がぽとりと落ちるがごとき自然で無意識的な動作の離れに繋ぐ。まあこれは経験しないと分からない感覚なんですが」

大日方君が来館者に展示品を説明する博物館の学芸員のような調子で答える。後ろ髪を背中まで伸ばしてゴムで束ねている、という変わった髪型のせいもあって、怪しげな講釈師にも見える。

「君はそれ以前に力抜けてなさすぎ」更科先輩が大日方君の後ろ髪を引っぱる。「的ばかり意識してるからかえって中らなくなるんだって」

「痛いです」

「あ、ごめん」

「いえ、部長なら痛くしてくれてもいいです」

「黙れ変態」

「……その『力を入れながら抜く』みたいなの、結構いろんな武道とかスポーツで言われるみたいですけど」腕を組む。「どうしても分からないんですよね。できる気がしないです」

隣を見ると秋野も頷いている。更科先輩は苦笑した。「うん。運動神経ない人の感想だね」

うなだれる秋野を見て、大日方君は眼鏡を直した。「心配要《い》りません。俺も全く分かりません。だからせめて部長の射を見て何か学べないかと」

更科先輩の個人練習につきあってくれている理由はそういうことらしい。もっとも先輩に対する彼の視線を見るに、それだけが理由ではなさそうだが。

柳瀬さんはにやついて大日方君を見る。「ま、確かに練習中のあんたは恰好いいもんね」

「恰好いいです」秋野もうんうんと頷いている。「月末の市民弓道大会も出るんですよね？応援に行っていいですか？」

「うん。総体前の総仕上げにしようかな、って思って。……日曜だからテスト終わってるでしょ？」

「あ、いいですね」皆で行ったら楽しいかもしれない。ミノに言う。「みんなで行こうか。行くでしょ？」

「お？」ミノは僕と秋野を見比べて頷く。「おう。いいな。行こうぜ」

心の中で頷いた。なんせミノは、テスト前なのにわざわざ今日ここに来た理由も「秋野が来ているから」なのだ。なんなら当日、途中で僕が消えてもいい。

「絶対行きます」秋野は顔を輝かせた。「日曜は吹奏楽部《ウチ》もたぶん休みだし。場所、どこですか？」

「花見川《はなみがわ》弓道場。近いでしょ？　バスだと遠回りになって逆にえらい時間かかるから、自転車で来るといいよ」

きょとんとして固まる秋野に言う。「花見川ちょっと遡ったとこだよ。秋野ん家《ち》から、自転車だと十五分くらいじゃない？」

「私も行く」柳瀬さんが笑顔で手を挙げる。「念送ってあげる。他の参加者が外すように」

「いや、いかんだろそれは。武道的に」

更科先輩はそう言ったが、満更ではないようだった。大日方君によれば、最近の先輩は調子がよく、来月に迫った県総体では三年間の集大成にふさわしい結果が出せそう、とのことである。

三年生の引退は早い。上の大会に残るのでなければ運動部は七月で引退試合になるし、秋野のいる吹奏楽部も、柳瀬さんたち演劇部も六月で引退だ。更科先輩も、高校での弓道はあと一ヵ月もしないうちに幕を閉じることになるかもしれない。

終われば受験に切り替えなければならない。だからやはり、先輩たちには悔いのないようにやってほしかった。

……の、だが。週が明けてすぐ、その点に関して問題が発生した。

2

「……的枠《まとわく》、ですか。ええとつまり、的の」

「弓道の的は紙かビニール張るでしょ？　あれを張る枠の方。輪っか型の」

「ああ。モンキータンブリンみたいな形なんですね。……高いものなんですか？」

「何それ？」更科先輩は「モンキータンブリン(4)」の方が分からないらしかったが、とにかく答えた。「的枠は一個千円くらいかなあ」

安い。

意外と高《たけ》えな、と呟くミノは措《お》いておいて、傍《かたわ》らに立つ秋野と目を見合わせる。秋野も困ったように目を伏せた。

「……それを盗んだ、と？　何のためにですか」

一体何に使うのだ。まさかネットオークションで売るため、というわけでもないだろう。それなら道場に入れば、もっと高い備品が他にいくらでもあるはずである。

「さあ。それが不思議なんだけどね」

(4)　カラオケに置いてあるやつ。

先輩は腕を組んで思案顔である。心当たりはないようだ。僕もよく分からず、なんとなく机の木目を見た。もちろんそんなところに答えが書いてあるわけではない。

月曜の放課後、テスト前で部活がないせいか、いつもより多く人が残っている教室に、柳瀬さんを伴《ともな》って更科先輩が訪ねてきた。二人を教室内に連れてきたのはちょうど帰ろうとして廊下に出ていた秋野であり、さっき挨拶をした彼女がなんとなく申し訳なさそうな顔で戻ってきたのを見て、僕は一月に巻き込まれた「壁男事件」を思い出した。あの事件に巻き込まれるきっかけになったのは秋野がある相談をしてきたことなのだが、彼女がその時と同じ顔をしていたのである。

なんとなくそわそわする気持ちを抑えて何かあったのかと訊いたら、案の定、おかしな話が出てきた。弓道場の看的所（的場の脇にある、当たり外れを見るための小屋）に積んであった的枠が二つか三つ、忽然《こつぜん》と消えたというのである。発見者は今朝こっそり朝練をしようと弓道場に侵入した更科先輩で、例の鋼板のドアが少し開いていたから不審に思ったのだという。「先客」かと思ったが誰もおらず、道場の戸も閉まったまま。続いて看的所を見たら、一緒に保管してある的枠（的紙を貼っていないもの）の数が足りないことに気付いた、ということである。誰かが持ち去ったらしい。

「先週はちゃんとあったらしいんだけど」柳瀬さんは斜め前の小菅《こすげ》の机にバッグをどかりと置き、自分も座って脚を組む。「葉山くん、食べた？」

「食べられるんですか？　あれ」

「どうかなあ。樹脂製のが多いから焼いても駄目じゃない？　なくなったのは木製のやつばっかりだったそうだけど」

「いい木、使ってそうですけど。それでも千円くらいなんですね」

「高くても二千円くらい？　直接食べるより、燻製チップとかにする方がいいのかなあ」

なぜ食べる話になっているのか分からない。「柳瀬さん、お腹空いてるんですね？」

「うん。葉山くん、耳たぶ食べていい？」

「駄目です。夕飯食べられなくなりますよ」

「ああ、確かにおいしそうだね君の」更科先輩は僕の耳を見た。「なんか中にクリーム入ってそう」

「見たことはないですけど、入ってないと思います」僕の耳たぶも本題と関係ない。

「売らないんなら、持ってって何にするんすか？」隣で聞いていたミノも首をかしげている。

「自主練に使うとか？」

「どこで弓、引くの？　弓道ができる場所なら、的枠なんて持っていかなくても備え付けてあるよ」更科先輩はミノの耳を見た。「いや、君の方がおいしそうかな」

「甘噛みとかならいいっすよ」ミノは僕より寛容に答えた。「川辺で自主練とか、するもんなんじゃないっすか？」

「捕まるね。それは(5)」更科先輩は柳瀬さんの耳たぶを指ではじいたりしている。「弓の扱いっ

(5)　捕まらない。ただし破門レベルで怒られる。

てすごい厳しいから。弓道場の外で引いちゃ絶対駄目だし、矢を番えただけでも問題になるくらいだよ。……弓道やる人なら、そこんとこは一番最初に叩き込まれると思う」

「なんか変わった的枠だったんすか？」

「他のと同じだよ。木製のは歪《ゆが》むから、あんまり使ってないけど」更科先輩は柳瀬さんの耳たぶを引っぱり、「更科。痛い」と言われて放した。「……心当たりあるかなと思って来たんだけど、ない？」

「ありません」

首を振りつつ、もう一つ気になったことを考える。更科先輩はなぜ僕たちに心当たりを訊きにきたのだろうか。

僕は肩をすくめた。そこも含めて訊いてみなければならない。

「……行ってみていいですか？　現場」


道場の木戸が閉じられているのと、弓道部の二人が制服であること以外、弓道場の様子は先週と変わるところはない。安土《あづち》というらしい的を立てる土壁は綺麗に整えられているし、季節柄そろそろ伸びてきてはいるものの、矢道の雑草も一応刈り揃えられている。もっとも普通、矢道には芝生を敷くもので、「短く刈った雑草」でそれの代わりにしている市立《ウチ》の弓道場はだいぶおかしいのだというが。

看的所は的などの道具をしまう倉庫にもなっているが、木の柱にアクリル板を打ちつけただけ、という簡単な作りであり、僕が柱に手をついたらぎしりと揺れた。更科先輩に続いて中を覗くと、埃《ほこり》っぽいにおいの中に木の棚があり、的枠はそこに並べられていた。設備はぼろだが道具の扱いはきちんと教育されているらしく、的は狭い棚にきちんと並べられている。そのこともあって、棚の一角が空になっているのはひと目で分かった。

「数えてみましたけど、やっぱり三つ、なくなってます。だいぶ古かったんで、使ってないやつでしたけど」方君の声が外から聞こえる。「木製のです」

「おっ」更科先輩は応えながらしゃがみ、棚の下から的枠を一つ引っぱり出した。「一つ、ここに落ちてた。じゃ、なくなったのは二つだね。……これも壊れてるね」

僕の後ろにいた柳瀬さんが的枠を受け取る。見ると、木の継ぎ目が外れて円が歪んでいる。

しかし、構造的な精密さはあるにせよ、弓道の的枠は近くで見ても基本的にただの木製の輪っかである。犯人がこんなものを盗んでまで持っていった理由が分からない。自主練に使うのではない。高く売れるものでもない。では、なぜだろうか。

「うーん……謎だね」柳瀬さんは持っている的枠を僕の首にかけた。

「こらこらかけるな。……ただね、一つ分かることがあるの」更科先輩が振り返る。「犯人は弓道部員か、ここにいる人の誰かだっていうこと」

振り返った更科先輩の視線は僕にも注がれていた。急な発言で、僕は特に意味もない返し方をしてしまう。「……そうなんですか？」

「悪いけど」先輩は僕の肩越しに外周の鋼板、さっき入ってきたドアのところを指さす。「道場の戸は開けた跡がなくて、あのドアの錠が開いてたの。つまり犯人はあそこから出入りしたってこと」

「ああ」その先は言われずとも分かった。「あれの開け方、知ってるのって弓道部の人と……」

「一応、君たちも、ね」先輩は困ったように肩をすくめた。

確かに、ここにいる僕とミノ、それに柳瀬さんと秋野は、先週、先輩があのドアを開けるところを見ている。

柳瀬さんは僕の首にかけていた的枠を取った。「それで私たちを呼んだわけね」

「いや、疑いたくはないんだけど」

「仕方なくない？　弓道部員のことだって、疑いたくはなかったでしょ」柳瀬さんは棚に手を伸ばして的枠を取ると、三つをひょいひょいと器用に投げ上げては取り、とジャグリングを始めた。「ちなみに、私らの他にはあのドアのこと知ってる人っていないの？　部員の誰かから聞いて」

「ジャグるな。でも柳瀬、器用だね」更科先輩は外に出ると、空中にある的枠を一つ、器用にインターセプトした。「今日、大日方君と一緒に確認して回ったんだけど、部員以外に漏らした人はいないみたい。そもそも部員だって、ドアのこと知ってたのは三、四人しかいなかったし」

「なんか、こういうことしたくなる形だよね。これ」柳瀬さんは空中に残った二つを片手でぱっとキャッチし、パフォーマーのように僕たちに一礼してみせた。「じゃ、そのうちの誰かか」

「アリバイとか、どうなんすか?」

ミノが訊くと、更科先輩は困ったように首を振った。「そういうのは、ちょっと」

これまで学校内外で起こる様々な事件に関わってきたせいで、僕やミノはすぐ「では関係者のアリバイは」といったふうに考える癖がついてしまっている。だが更科先輩からすれば、探偵か刑事のようにそんなことを確認して回る、ということ自体がそもそもハードルの高い行為だろう。先輩の気持ちは分かった。

「まあ、先週の……木曜から今朝まで、ずっとアリバイがあった人なんていないでしょうけど」

僕がそう言って看的所から出ると、なぜか大日方君が僕の足元を指さした。「いえ、そうでもないんです。それですよそれ。葉山さんの足元」

「足元?」

「ちょうど踏んでます」

そう言われて慌てて飛びのく。足元は乾いた土だったが、よく見ると足跡がいくつもつき、でこぼこになっていた。

「これって……」大日方君を見る。

「犯人の足跡です」大日方君は眼鏡を直し、厳しい表情で頷いた。「先週はありませんでしたが、今朝見たらついてました」

「初めて気付いた」更科先輩も地面を見る。

足跡から靴のサイズや種類までは分からない。だが。「こんなにはっきり足跡がつくのって、相当ぬかるんでないと駄目だね」

「先週、金曜の朝まで雨でしたよね」大日方君は僕たちに説明する調子になって矢道を振り返る。矢道は雑草が隙間なく生えており、土が露出しているのは安土の前と、この看的所の周囲だけだ。安土の方には足跡はない。「ここは水はけがいいんで、土曜日の朝には乾いてたと思います。こんな足跡がつくのはせいぜい金曜の夕方くらいまでじゃないですか?」

さっと風が吹き、沈黙した僕たちの足元で砂が巻き上げられる。金曜は普通に学校があったのだ。その朝から夕方までの間ならば、絞れるのではないか。

柳瀬さんが腰に手を当てる。「みんな金曜、ちゃんと学校来た?」

「来ました」僕は頷いた。金曜ならミノも秋野も、休んだりいなくなったりはしていない。

「もっとも、休み時間とかにこっそり抜けた可能性はなくもないんですけど……」

「それはちょっと、ないかな」

更科先輩が鋼板のドアに向かって歩いていき、鍵の開いているドアを開閉してみせた。もともと建てつけが悪いようで、ドアは開閉されるのが苦痛で仕方ありませんと言わんばかりの、金属のこすれあう音を周囲に響き渡らせる。

「……目立ちますね。授業中は無理か」

弓道場は正門から本館へ続く坂の脇にあるから目立ちすぎる。休み時間でも無理だろう。だが今はテスト前だから、放課後ならひと目が減る。下校ラッシュが落ち着く午後四時頃になれば可能かもしれない。大日方君の言う通り、足跡がつくのが夕方午後七時頃までだとすると、

【弓道場全体図】

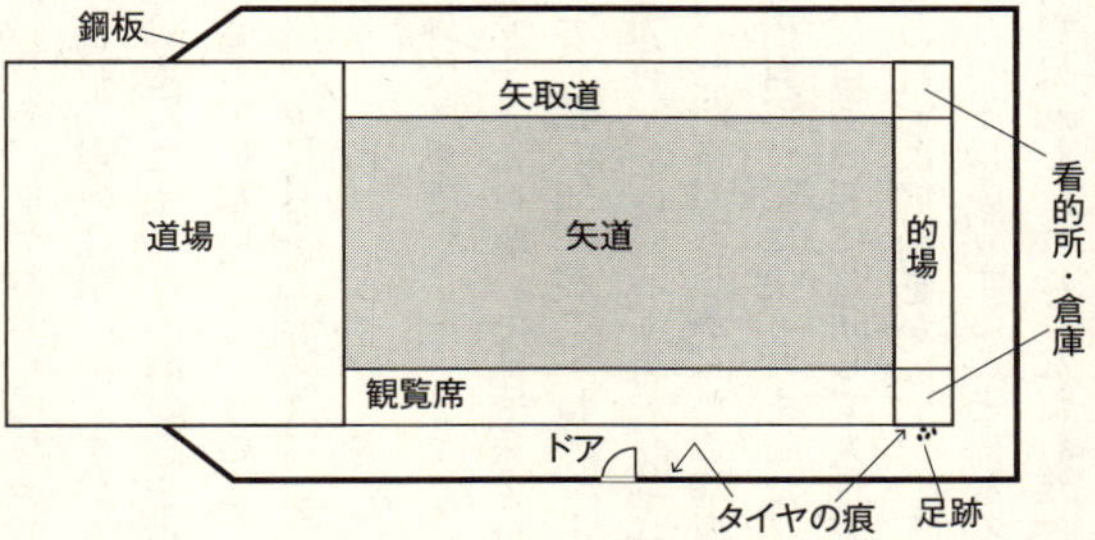

犯行時刻は三時間にまで絞られる。

　柳瀬さんは大日方君の後ろ髪をつまんで引っぱった。「君、金曜の放課後どうしてた?」

「痛いっす。あとなんで俺なんですか」大日方君はいきなり訊かれて驚いたようだったが、柳瀬さんの指を振りほどいて即答した。「金曜はすぐ帰りましたよ。テスト前だし」

「じゃ、下の名前と家の電話番号教えて」

「基樹《もとき》です。……って、柳瀬先輩、どういうことですかそれ」

　柳瀬さんはうろたえる大日方君から自宅の電話番号を訊き出すと、携帯を出して早速かけた。「もしもし。私、市立高校弓道部の部長をしております更科と申します。いつもお世話になっております」

「おい、ちょっと」

　いきなり自分の名前を騙《かた》られた更科先輩が慌てる。

　柳瀬さんは更科先輩そっくりの声色まで作っているため大日方君も驚愕《きょうがく》している。僕とミノは顔を見合

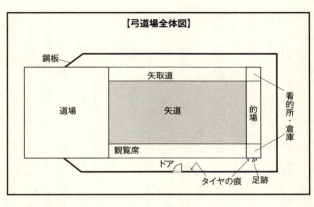

わせてなんとなく肩をすくめた。柳瀬さんの声芸は演劇部で見て知っている。

「……はい。あ、まだお帰りになっていませんか。あの、すみません。ついでにお訊きしたいんですけど、先週の金曜なんですが、基樹君何時頃にお帰りでしたでしょうか」

小声で「ええええ」と不満の意を示す大日方君の肩を叩く。さっきアリバイを申告したのに全く信用されていない、ということになるのでショックだろうが、今は仕方がない。

「……はい。実はお宅の近くの、ええと」柳瀬さんは大日方君に囁《ささや》く。「君ん家最寄り駅どこ？」

「え。大坪《おおつぼ》ですけど」

「遠いね？」とだけ囁いて柳瀬さんは何食わぬ顔で会話に戻る。「……大坪駅の近くで交通事故があって、私の知人がですね。……いえ、大きな事故ではないんですけど。ただ相手の車がそのまま逃げてしまったようなんです。で、それが金曜の午後四時十五分頃みたいでして。……はい。だから、もしかしたら基樹君、現場を見ていないかな、と思いまして。金曜なんですが、基樹君何時頃に戻られました？」

つまり、自宅の親に質問して大日方君のアリバイの裏を取っているということらしい。確かに関係者の自宅に電話をかけて、「その日はすぐに帰ってきていた」という証言があれば、その人のアリバイは成立することになる。

大日方君は悲しそうにうなだれた。「信用ないですね……」

更科先輩も溜め息をついた。「ていうか柳瀬、それ普通に私がかければよくない？」

僕はどちらかというと、するすると嘘の口実が出てくることの方に戦慄《せんりつ》を覚えている。

「……はい。ありがとうございました。はい。失礼いたします」柳瀬さんは通話を切り、一人で頷いている。「次は三野ね。うーん……誰になろうかな」

「普通に自分のままでいいじゃないすか。演劇部の部長なんすから」ミノは呆れた様子で肩を落とす。

当然のように関係者のアリバイを尋ね、しかも裏取りまでする柳瀬さんのせいで、弓道部の二人の意識も変わったらしい。二人は手分けして、弓道場のドアのことを知っていそうな部員に電話をし、やりにくそうに何度も謝りながら当日のアリバイを確認していった。そうする間に柳瀬さんがある時は更科先輩に化け、ある時は部員の友人に化け、部員たちの自宅に確認の電話をかけた。僕も秋野とミノの自宅に電話をかけ、心の中ですみませんと謝りながら嘘を言いつつ確認をした。ミノと秋野の方は大日方君と違い、疑われても特に気落ちした様子は見せなかった。こういう状況に慣れているのだろう。

だが二時間以上かかったその努力は、予想外の結果に終わった。

犯行時刻とみられる金曜の午後四時頃から七時頃まで。部員のほとんどはまっすぐ帰宅しており、そうでない人も友人と一緒だったりしたため、不在がはっきりしていた。つまり大日方君や更科先輩自身も含め、部員の中にアリバイのない者が一人もいなかったのである。

柳瀬さんは首をかしげつつ、君たちはどう？　と訊いてきた。しかし金曜のその時間帯、僕とミノは一緒に世界史の課題を解いていたし、秋野は予備校である。当の柳瀬さんは東京に芝居を観《み》にいっていたという。それぞれの家に電話して確認しても、証言と食い違う話は出てこなかった。

つまり、犯行可能な人間が一人もいなくなってしまったのである。

3

周囲を囲む鋼板の影が長く伸びている。ヂピヂピヂュピリヂュピリヂイ、とやかましい鳥の鳴き声が聞こえてきて空を見上げると、色の変わり始めた西の空をバックに無数の鳥が群を作って旋回していた。あれはたしかムクドリで、夕方頃になるとああいう行動をとるのだ。[6]そういえば少し涼しくなってきてもいて、半袖の大日方君と柳瀬さんはそれぞれ腕をさすったりしている。

沈黙に何らかの責任を感じたのか、更科先輩が口を開いた。

「ええと……一応、確認したいんだけど」先輩は秋野を指さす。「予備校」

秋野が答えようとするより先に、ミノが詳細に言う。「それは間違いねえっすよ。週替わりで金曜と水曜、早く帰らなきゃってんで、吹奏楽部の練習と折り合いがつかなくて大変らしいんで」

僕も以前、秋野からその話は聞いていたので、頷いた。「予備校の友達に電話すれば、確認もとれます。秋野の家は九時とかに門限もあるから、終わったらまっすぐ帰ってるはずですし」

更科先輩は続いて柳瀬さんを指さす。「芝居？」

「世田谷《せたがや》にケラさん(7)観にいってたよ。放課後速攻で抜けて」

「ああ確かに柳瀬、いそいそと帰ってたよね」同じクラスであるらしい。

ミノが口を挟む。「一応、芝居って言って抜けて、実は」

「プレトーク聴くために急いでたんだもん。再現しようか？」

「いや、いいっす」ミノは首を振った。おそらく、やれと言ったら完璧に物真似をする。

「すると……」更科先輩の目が僕とミノを交互に捉えた。

「世界史の課題を二人がかりでやっつけようっていう話になったんすよ。あとテストのヤマを葉山から聞こうと思って」

「放課後すぐ駅前のジョナサンに行って、そのまま七時くらいまではいました」僕も、言いながら金曜のことを思い出す。「後半は携帯でゲームしてましたけど」

「お前『スサノヲ』×『草薙《くさなぎ》の剣』で大暴れしてたよな」

「だって初回でいきなり手に入っちゃったし」

「ああ今月のイベントのやつですね？」なぜか大日方君が反応した。「いいな。俺あれ諦《あきら》めましたよ。何回やっても落ちないし。とりあえず運営に要望出しときましたけど」

---

(6) 就時前集合《しゅうじぜんしゅうごう》といい、ねぐらに入る前に集まって騒ぐ。騒ぎながらフンをするので大変迷惑。
(7) ケラリーノ・サンドロヴィッチ。インディーズレーベル「ナゴムレコード」・劇団「ナイロン100℃」主宰。ミュージシャン・劇作家。外国人と思われがちだが、怪しげながら日本人である。

「マジで？　要望とか出す奴初めて見たわ」

　更科先輩は何の話なのか分からない様子ではあったが、大日方君が反応したことで納得はしたらしい。「なんだか分かんないけど、とにかく二人は七時くらいまで記紀の世界にいたわけね。その後は？　家、一緒の方じゃないの？」

「僕が駅前のスーパーで買い物して帰ったんです。特売で鶏腿《もも》肉が一〇〇グラム六十八円だったので」

「安いね」更科先輩はこちらには反応した。

「家に帰ったのは七時四十分頃です。妹がいたんで、確認してもらってもいいですよ」

「俺もまっすぐ帰ったんで」ミノも続けて言う。「さっきうちに電話した時、葉山が言いましたよね？　うちまで二十五分くらいすけど、七時半過ぎには帰ってましたよ」

　柳瀬さんは目を閉じて腕を組んでいる。まだ諦めてはいないようで、モーター音のような声で唸った。「……店、出たの正確には何分？　『七時頃』って言ってるけど、それがたとえば六時五十五分なら、一回学校に寄って犯行をして家に帰る、ってこともできたんじゃないの？」

　駅から学校までは急げば五分といったところだろう。確かに店を出たのが六時五十五分なら、ぎりぎり時間的に可能といえなくもないのだが。

「いえ、すいません。正確に言うと七時七分か八分まで店にいたんです。ちょっと無理です」

「確か？」

「はい。二人で携帯の時計を見て『そろそろ帰らなきゃ』って言ったので」

僕が頷いてそう言うと、柳瀬さんと一緒に更科先輩と大日方君も同じような動作でのけぞって唸った。三人とも僕たちの線を疑っていたらしい。というより、残された線がそこしかないので祈るような気持ちだったのかもしれない。

更科先輩と大日方君も、その日は三時台に学校を出て、ちゃんと家に帰っている。つまり、鋼板のドアについて知っている全員にアリバイがあるのだ。

柳瀬さんは息継ぎをせずにまだ唸り続けている。確かに、不可解なことだった。誰が何のために、だけではない。どうやって的枠を持ち出したのだろうか。何も分からない。

「……あそこのドアはたまたま開いてただけで、犯人はどうにかして囲いをよじ登って出入りしたとか？」更科先輩は鋼板のドアを振り返る。「それならドアのこと知らない人でもできるよね」

「いえ、僕もそれ考えたんですけど。……ミノ、それ」

僕は看的所のアクリルの壁を指さした。自分の立っているあたりを指さされたミノは最初何のことか分からなかったようだが、壁を見て、お、と声をあげた。皆の視線がそこに集まる。

看的所の出入口の脇、壁の膝くらいの高さに、何かでこすったような黒い痕がついていた。ただ黒くなっているのではなく、複雑な模様が繰り返されてパターンを作っている。

「……これ、自転車のタイヤ？　先週はなかったよね」

しゃがんで痕を見ている更科先輩が振り返ると、大日方君も頷いた。「チャリでぶつかったんだと思いますけど」

「自転車で中まで入ってきたの?」

僕は頷いた。「だとすると、やっぱりドアから入らないと難しいと思います」

周囲を囲む鋼板の高さは三メートルあるのだ。ドアを開けずに自転車を中に入れることは不可能ではないが、相当目立つし、そんなことをわざわざする理由も分からない。やはり犯人は鋼板のドアのことを知っている誰かなのだ。

「計画的だったってことか」更科先輩はタイヤの痕を指でなぞり、立ち上がった。「でも、犯人がここまで自転車持ってきたのってなんでだろうね? 的枠の二つくらい、籠に載せなくても持ってけると思うけど」

「部員の人は自転車で入ったりしないんですか?」秋野が訊く。

「見たことないなあ。駄目ってことはないだろうけど」

ということは、もし自転車を中に入れるところを誰かに見られたら、一発で「怪しい行動」と見られてしまうということである。心理的にも、普通なら自転車を見えにくい場所に置いてからドアを通る気がする。なぜ犯人はそうしなかったのだろうか。

「あ」

ミノの声がした。そちらを見ると、ミノはドア脇の鋼板の前でしゃがんでいる。「タイヤの痕、こっちにもあったっすよ」

皆がわらわらとミノの周りに集まる。事件の捜査が行き詰まっていることの反動か、皆、少し駆け足にすらなっていた。

「本当だ」

「ぶつけたのかな。なんでこんなところに」

「これ、落ちるんですか?」

「同じタイヤですね。あの柳瀬さん、髪の毛引っぱらないでもらえますか」

「とりあえず」僕は声を張り、タイヤ痕に顔を寄せて口々に言う皆の輪に向かって言った。「他にも自転車の痕があるかもしれません。探してみませんか。一応、犯人の足跡が分かりますし」


皆が頷くのを見て、僕は先に矢道に出た。本で読んだだが、警察の現場検証においては、犯人がどこから現場に入り、どう動き、どこから出ていったかを示す「移動の痕」は極めて重要なのだという。そこから犯人の行動が推測でき、犯人像が浮かんでくるからだ。この事件においても、きっとそれが大事なはずだった。なにしろ犯人の目的が最大の謎なのだ。

柳瀬さんたちもそう考えてくれたようで、全員でなんとなくばらばらに歩き回る恰好になった。落としたコンタクトレンズを捜すというか、あるいは小学校の頃のバッタ捕りのような情景である。だが皆の表情はなんとなく漠然としている。何を探すのかが分からず、「とにかく何かを探す」という作業だからだろう。

そして、しばらく探しても「何か」は出てこなかった。弓道場は、二つのタイヤの痕といくつかの足跡を除いては、何も異状がなかったのである。うろうろするうちに最初に根が尽きたらしき大日方君が「何もないですね」と口にしたのを合図に、皆の表情が弛緩《しかん》する。

ドアのところにいた僕は、高さ三メートルの鋼板を見上げた。日が沈み始めたこともあって、鋼板は橙色《だいだい》の光を反射させて輝いている。

なぜこんなところに痕がついているのだろう。犯人が、自転車を持ち込んだことと何か関係があるのだろうか。痕をつければタイヤの種類が特定される。あとで実験してみたいところだが、この痕が前輪をぶつけた時のものだとすれば、ついた高さによって自転車のサイズが分かるかもしれない。犯人はそのことを考えなかったのだろうか。

傍らのドアに手を伸ばし、夕陽で生温《なまぬる》く温められた表面を撫でる。

鋼板のドアのことを知っている人間には全員アリバイがあった。だとすればそれは、犯人が何らかのアリバイ工作をしたということになるのではないか。朝、更科先輩が見た時、このドアは閉まっていなかったという。犯人が開閉時の音を気にして閉めなかったのだろう。つまり、この犯人は犯行がばれないよう、慎重に行動しているということになる。なのに一方ではタイヤの痕を残し、堂々と足跡まで残し、しかもこのドアから出入りしたことがばれるのは構わない、という態度でいる。ドアのことを知っている人間なら、ドアから出入りしたことがばれるというのはイコール、容疑者が一気に絞られるということなのに。

どうも何かがちぐはぐだった。犯人の行動をイメージしようとしても、脳内で像が結ばない。そもそも的枠を盗んでどうしたいのかも分からない。

「……誰なんだろうね」

気がつくと、隣に更科先輩が立っていた。ドアをじっと見つめたまま考え込んでいる先輩の、制服のリボンが風で揺れる。

その表情にかすかに憂いの影がさしているのが分かって、僕は言った。

「……解決できる人を、呼んでいいですか？」

先輩はこちらを向いた。一拍置いて、他の皆も僕を見た。

「今年、卒業した先輩なんですけど」僕が解決するわけではないし、関係者以外の人を余分に巻き込むことになるので少々気が引ける。先輩の視線に対し、どういう顔をしていいか迷う。

「……こういうのの解決がすごく得意な……あと、大好きな人でして」

秋野とミノが同時に、あ、と漏らすのが聞こえた。柳瀬さんも頷いている。「そうだね。召喚しようか。あの人」

「えっ？　何？」更科先輩は心当たりがないらしい。「式神か何か？」

「人間離れしてますが、人間です」

伊神恒《こう》。今年卒業して現在は東京の某大学に通っているが、在籍していた当時は、部員がいないため廃部になってしまった文芸部の最後の部員だった。当時から変人かつ天才と言われ、十二ヶ国語を話すとか、入試の答案を「面倒だから合格点分だけ解いてあとは白紙で出した」とか様々な噂があり、実際に僕も、間近で何度もこの人の活躍を見ている。一体いかなる才能があってのことなのか分からないが、この人は学校内外で起こった奇妙な事件——実行可能な人間がいなかったり、どう考えてもおかしな結論になってしまったり、はては怪奇現象にしか見えないような事件を、論理的思考で正面から解決してしまう能力を持っている。おそらく、この謎の解決ぐらいは造作もないことだろう。

迷う部分もある。解決するということは誰が何のためにやったのかを明らかにするということであり、犯人が弓道部員であるなら、来月に最後の大会を控えた弓道部の人間関係に波紋を起こすことになりかねない。大会が終わってからにした方がいいのではないか、という気持ちもあった。

だが先輩の表情を見て思ったのだ。たとえ部内の人間関係に波風が立つことになっても、これは大会前に解決しておくべき問題だ。怪しげな行動をとった人間の存在を感じ、誰なのか、陰で何をやっているのかと、もやもやしたものを抱えたまま、更科先輩たちを最後の大会に行かせたくない。もちろん先輩が勝ち抜いて上の大会に行けば、来月の試合は「最後」ではなくなる。だがそうでないかもしれないのだ。試合の途中に迷いが生じるかもしれないし、結果がどうであれ、未解決のものを抱えたままでは、三年生たちもすっきりと泣いたり笑ったりできないだろう。それだったら早く解決して、大会の日までに切り替えることに賭けた方がいい気がする。僕自身の力で解決できないのは情けないが、だからといって何もしないでいることもできない。

「いいですか？」

僕が訊くと、先輩は即答した。「お願い。正直、気になってた」

伊神さんは電話をかけると一、二コールですぐに出た。これも不思議で仕方がないのだが、普段メールにもＳＮＳにも無反応で、電話すら「携帯は家に置いてきた」などの理由で出ないことが多い伊神さんが、事件の相談をする時だけは妙にレスポンスがいいのである。むろん偶然でなかったとしたら超能力者であり、だから偶然に決まっているのだが。

「ええと、今、電話いいですか?」

——用件は? 何か事件だね?

これである。電話口で前のめりになっているのが見えるようだ。「……はい。ちょっと、学校の弓道場の方で」

——ああ「工事現場」ね。

「それです」一部ではそう呼ばれているらしい。「弓道場からその、弓道部の的枠がなくなってるんですけど……」

僕はざっと事件の概要を話した。「犯行可能な人間がいない」という点を言わないと興味を持ってくれないかもしれないので、そこは強調した。

——ふうん。全員にアリバイ、ねえ。

伊神さんは僕が予想したほどには興味を示さなかった。だがその声を聞いて、逆に僕はふっと気持ちが軽くなるのを感じていた。伊神さんは謎が難解であればあるほど声が躍る。たいして躍っていないということは、解けない謎ではないということだ。

——分かった。今から行くから、そこで待ってて。

「えっ」周囲を見回す。空が橙色になっている。「伊神さん、今どこにいるんですか?」

——宇都宮だよ。二時間くらいで着くから、そこで待ってて。

なんとまあ、これから埼玉県と東京都を縦断してやってくるつもりらしい。「なんで宇都宮なんですか？」

――学生がすることといったら研究でしょ。コティングリー妖精事件のガラス原板が妖精ミュージアム[8]にあるんだよ。

一体何の研究をしているのか非常に気になるが、訊かないことにした。もともとこの人の行動はよく分からない。

伊神さんはそれだけ言うとさっさと電話を切ってしまう。切られてから気付いた。待っていろと言うが、ここでこれから二時間も待っていろということなのだろうか。

「あー……ええと」

周囲を見回す。伊神さんの声は聞こえなかっただろうが、電話する僕の様子から、皆なんとなく話の流れは把握している様子である。

「今夜、来てくれるそうです。僕、待ってますので……」

そう言うと皆、なんとなく頷いた。

「俺も残るぞ？」

そう言ってくれたミノに首を振る。「いや、僕だけで充分だと思う。何か進展あったら連絡するから」

だいたい今から二時間も待ったら夜になってしまう。学校は閉まるから、このままここに隠れているか、一旦帰ったふりをしてあとでこっそり侵入しなければならない。大日方君は家が遠いし、秋野は門限がある。つきあわせるわけにはいかなかった。

だが、理由はそれだけではなかった。伊神さんがすぐに犯人を言い当ててしまった場合、それを誰にどこまで話すかについて、慎重な配慮が必要になるかもしれないのだ。自分のところだけで情報を止めておくというのは傲慢《ごうまん》という気もするが、決着はみんなに任せてあとは知らんぷり、というのも無責任な気がする。

傲慢と無責任の二択なら、僕は傲慢を取る。無責任は他人に迷惑をかける。傲慢は僕が非難されるだけだ。

4

市立高校の敷地には三つの門がある。丘の上の本館から最大勾配約十二度という無茶な坂を下って県道に出る正門。体育館と弓道場の狭間に存在し、段数約百段の通称「地獄の階段」を下り高圧電線が頭上に垂れ下がるグラウンドを横断してようやく辿《たど》り着ける裏門。「バトル系部活動の人間しか行かない武道場と、以前ある事情で警察により封鎖されて誰も近付かない芸術棟の間」という場末に位置するため一年生は存在自体を知らなかったりする北門。だがいずれの門も午後六時になればきちんと閉められる。鉄条網や狙撃レーザーが取りつけられている

(8) うつのみや妖精ミュージアム。妖精研究の資料が集められた美術館。こう書くと怪しげだが、普通にコミュニティビルの一角にあり、同じフロアの向かいには消費生活センター等が入っている。

わけではないから乗り越えることは可能であるし、その気になれば自転車ごと越えられないこともないはずだが、一番低いこの裏門でも高さは一・五メートル近くあるのだ。自転車に門を越えさせ敷地内に持ち込むには、それなりの道具か相当なパワーが必要になる。

僕にはそれは難しかった。何度目かの挑戦に失敗し、ペダルが門扉《もんぴ》に激突する強烈な金属音が、夜の住宅地に響く。誰かが出てきやしないかと首をすぼめて周囲の家々を見回すが、明かりのついているどの家からも住人が顔を出す気配はなかった。

「……単に君が非力、という気がしなくもないけど」

「いえ、大変ですよこれ。たぶん僕じゃなくても」

門の中から見ている伊神さんに答える。「それに目立つし。やっぱり、犯行時刻は門の開いている間なんだと思います」

伊神さんは頷いた。「うん。そうだと思ってたけどね」

「……じゃ、なんでやらせたんですか」

「一応、君がどれくらい苦労するかを見てみようと思ってね」

ご無体な、と思うが、伊神さんは何も言わずにすたすたとグラウンドを歩いていってしまう。何かをする時に断ったりしないのがこの人の行動様式の特徴で、初対面の人などはわりと驚かされるようだ。僕はもう慣れている。自転車は外に置き、門扉にしがみついてなんとか乗り越えた。伊神さんは鹿のように軽々と乗り越えていたが、運動が苦手な僕からすれば自分が越えるだけでも大変な高さである。

夜の八時になっているが月はまだ出ていない。はるか階段の上を見上げると、丘の上に黒々とした校舎の輪郭が見える。地獄の階段という通称だが、地獄への階段と呼ぶ方が似合いそうな風景だった。よく分からないが、うちの高校にはなんだか禍々しい雰囲気があるのだ。

「弓道場から二つ、的枠がなくなっていた。あんなものをなぜ盗んだのか分からない。看的所の入口付近に足跡と自転車のタイヤの痕があった。タイヤの痕はドア付近にもあった。地面がぬかるんでいたのはせいぜい金曜十九時まで。だが全員にアリバイがあった」先に階段を上る伊神さんは、振り返らないまま上から言葉を落としてくる。「……だったね?」

「はい」

僕も続いて階段を上りながら、関係者のアリバイの詳細を話した。全員、アリバイは裏も取れている。あの後、結局予備校に確認したらしい柳瀬さんから、金曜の秋野のアリバイも確認できている。それを喋《しゃべ》るだけで息が上がってきたが、僕の体力がないのか、それとも全く呼吸の乱れない伊神さんがおかしいのか、両方である気がした。弓道場に着き、ドアの錠の外し方を教えていないことに気付いたが、伊神さんはポケットから細い針金のようなものを出して差し込み、教える前に開けてしまった。断末魔の苦悶のような軋《きし》み音が夜空に響きわたる。

伊神さんはそのまますたすたと看的所に歩み寄り、入口の所にしゃがんで足跡とタイヤの痕を確認した。

そして「ふむ」と頷くとくるりと踵《きびす》を返し、そのまま僕の脇を抜けてドアから出ていってしまった。

「……あれっ？」

僕は追いかけてドアから出たものの、伊神さんはもう地獄の階段を下り始めている。その背中とドアを見比べ、とにかく階段へ走った。「あの、伊神さん」

現場にいた時間は十秒もない。あまりに早いので、僕は最初、伊神さんが地獄の階段の下に何かを見つけたのだと思った。

だが、そうではなかった。

「あの、現場は」

「もういいよ。解けたから」

階段を下りていた僕は思わず立ち止まり、次の一歩でどの段を踏めばよいかとっさに分からなくなり、転びそうになる。「……え？」

伊神さんは当然という調子でどんどん下りていってしまう。なんだか追いつけなくなる気がして、僕は一段飛ばしで階段を駆け下りた。

「伊神さん、解けた、って」

「君の報告はだいたい正確だからね」伊神さんはポケットに手をつっこんだまますまするすると階段を下っていく。「話を聞いた時点で分かってたよ。ここに来たのは確認」

「確認……ですか」

「夜間、弓道場がどの程度暗くなるかのね。予想通り、周囲を三メートルある鋼板が囲んでいるせいで、弓道場の中には光が届きにくい。夜間ではかなり暗い」伊神さんはそこで立ち止まり、僕を振り返った。「看的所の壁についたタイヤの痕が見えなくなる程度にはね」

「タイヤの……」その言葉をヒントに頭を働かせようとするが、断片的すぎて何も浮かばない。

「看的所に足跡があって、壁には自転車のタイヤの痕もあった。板で囲まれている弓道場には錠の外し方を知っている人間でないと入れない。犯人の行動は万事においてちぐはぐだ。……となれば、もう結論が出たようなものだと思うけどね」

「犯人も、アリバイのトリックもですか？」

「そうだよ」

「動機も……」

「当然」伊神さんは腕時計を見た。暗いが、文字盤が読めるのだろうか。「君も自分で考えてみたら？　十二時までに答えが分からなかったら電話していいよ」

伊神さんはどうやら、この程度なら僕にも分かる、と思っているらしい。そう思われたなら、やらないわけにはいかなかった。「やってみます。……ありがとうございます」

階段の上からだが頭を下げる。伊神さんは、なぜか僕の手をちょんとつついた。「君さあ。力、入りすぎだよ」

つつかれた手を見る。そういえば、いつの間にか拳《こぶし》を握っていた。

「もっと楽しんで考えた方がいいと思うよ」伊神さんはまた背中を向け、階段を下りていった。

「推理と弓道は似ている。正射必中。正しい論考を積み重ねていけば必ず結論に辿り着く」

今日は母が家にいるので夕食は用意してもらえるのだが、うちの夕食は七時半と決まっていて、帰ったらそれより一時間も遅くなっていた。

先に母にメールを送っておいたので夕食は取っておいてもらえた。疲れて帰ってきた母が用意してくれた料理を「取っておいて」と言うことの罪悪感は、唐揚げが一つしか残っていなかったことで少し薄れた。食欲に手足が生えたような妹が食べつくしたのだろう。その妹はリビングのソファで長い脚を伸ばして漫画を読んでいる。

皆と一緒にいただきますと言った時はそこまで食べないのに、取り分けて残された一人分を食べる時はどうしてこんなに少なく感じられるのだろうな、と考えながら唐揚げに敷かれたレタスをばりばり齧《かじ》る。そうしながら頭の残り半分では別の事も考えていた。伊神さんが時間をくれた、事件の真相についてである。力を抜いて考えろとも言われたが、さて。

的枠。高いものではないし、弓道の練習以外の使い道はない。それとも自分が何かに使うためではなく、他人に使わせなくするためだろうか。それとも弓道部への妨害行動だろうか。しかしそれなら、もともと使っていないという木製の枠を二つばかり盗《と》ってもどうしようもない。わざわざ自転車で来たのだから、もっと派手な破壊工作ができるはずだ。

味噌汁を一口飲み、さらに考える。では、なくなった的枠に何か秘密があったのだろうか。たとえば犯人の、暴かれたくない秘密が的枠に。

天井の電灯を見て首をかしげる。いくらなんでも、それはなさそうである。なくなった的枠はそれまで普通に、弓道場に置いてあったのだ。それに特に変わったところはない、と更科先輩も言っていた。

首をかしげている間に妹が来て、皿に残っている唐揚げをひょいとつまんで口に入れた。

「おい」

「いらないんじゃないの?」

「残しといたんだよ。一個しかなかったから」

「ごめん。間違えた。先に言ってよ」

口をもごもごさせながら平然と言う。絶対にわざとだなと思ったが、妹はさっさと冷凍庫を開け、アイスクリームを出している。

「まだ食べるの?」

妹はこちらをちらりと見て頷いた。これだけ食べているのになぜか手足が伸びる方向にしか栄養がいかないのが不思議というか理不尽で、近頃ますますモデルのような体型になってきた。周囲の友達より頭一つ以上大きいのを気にして猫背気味なのと、袖が足りないのを嫌がって大きめの長袖を着ているせいで肩や胸元がぶかぶかになっているのが勿体《もったい》ない。だが陸上部では、この身長を活かして走り高跳びをやっている。本来は僕と一緒で運動神経がないから、おそらく跳躍力ではなく脚の長さで跳んでいるのだろう。

ソファに戻った妹は、僕の視線に気付いて言った。「冷凍庫にまだあるよ?」

アイスじゃなくてお前を見てたんだよ、とは言わずに頷く。

だがその時、僕の頭の中に閃くものがあった。

単純な閃きだったので、最初の数秒は無視していた。だがすぐに、待てよ、と思った。僕は、というより伊神さんを除いた僕たち全員が、最初から思い違いをしていたのではないか。

そう思うと、頭の中で急速に推理がつながり始めた。伊神さんの言った犯人も、トリックも、ここから考えていくと嘘のようにするりと筋が通る。それに伊神さんが、事件の処理を僕に任せた理由もなんとなく分かる。

玄関のチャイムが鳴った。

妹が壁のインターフォンを見る。ソファの傍らで洗濯物を畳んでいた母を止めて僕が立った。受話器を取ると、なぜかミノの声が聞こえてきた。「よう。俺なんだけど」

「どうしたの？」と言ってから、僕も理解した。伊神さんの推理能力はミノだって知っているのだ。「……ってこともないか。ちょっと待って。事件、解けたから。外で話す」

ミノの方も予想していたらしい。僕がいきなりそう言っても、特に驚くことなく「ああ」とだけ応じた。

不審げな顔でこちらを見ていた妹に言う。「お手柄」

さらに不審げになった妹を置いて玄関に行くと、私服のミノが立っていた。「よう」喋りにくそうに鼻をこすっているので、僕が先に言った。「弓道部の件だろ？　伊神さんが解いてくれたよ。さっき僕もやっと分かった」

伊神さんには力を抜けと言われた。そういえば更科先輩も言っていた。的ばかり意識してるからかえって中らなくなる。この場合、まさにそれだった。

「……そうか」ミノは唸って頭を掻く。「すまん」

「いや、ミノが謝ることじゃないだろ」僕は言った。「だって犯人、秋野でしょ?」

ミノからは、ほぼ伊神さんや僕が推理した通りの真相が聞けた。どうしようかと思ったが、僕は秋野に電話をかけ、明日、先輩たちに謝ろう、と提案した。秋野の方は黙っていたことに随分罪悪感を抱いていたようで、僕にもさんざん謝ったが、むしろすっきりした部分もあるらしい。最後に「ありがとう」と言っていた。

伊神さんにはその後、電話で話した。伊神さんは「当たり」とだけ簡潔に言って、明日、更科先輩たちに真相を話す、と伝えると、僕が行くまで待っていろ、と言われた。僕がどこまで理解しているか試してみたいから説明を聞かせろ、というのである。

5

犯人である秋野が謝らなければならないのは僕というよりどちらかというと弓道部にである。昨夜、秋野は電話で「明日、謝りにいく」と言っていたが、僕は一つ提案した。なくなった二つの的枠を弓具店で新たに買って、更科先輩のもとに持参したのである。売っている弓具店の場所を教えると、秋野は遅刻して、昼休みに的枠を持って現れた。いくらしたのかと訊いたら二つで三千百円だという。わりといいものを買ったらしい。

放課後、柳瀬さんに携帯で連絡して、更科先輩や大日方君と一緒に弓道場に来てもらった。教室に行ってもいいのだが、現場で説明した方がいいこともある。やってきた更科先輩は、秋野がいきなり的枠を差し出して謝ってきたので面食らっていたが、怒るよりもまず腑《ふ》に落ちないようだった。

「……弓道部じゃないのに、なんで的枠持ってったの？」

「それは……」秋野は俯《うつむ》いていたが、声はしっかり聞き取れた。「すいません。私が落として壊しちゃったんです」

「落として……」

更科先輩はまだ腑に落ちないようである。横の大日方君を見ると、大日方君は気まずそうに首をすぼめた。

「落とすって、そもそもどうして看的所に入ったの？」

「いえ、入ったんじゃなくて……」

秋野はどうしてもそこで口ごもってしまう。そんなに気にすることもないのに、と思わなくもないが、気にする人もいるのだろう。

横を見るとミノも困っている様子なので、僕は少し考えて、言った。

「うちの妹、今中学二年なんですけど」

視線が集まる。更科先輩などは明らかにきょとんとしている。いきなりうちの妹の話を始めたのだから、まあ当然だろう。

「僕と顔とかは似てないんですけど、運動神経がないのは似てます。未だに自転車にも乗れないくらいですから」

僕を見ていたミノが、お、という顔をした。僕は続ける。「自転車、乗れなくていいのかって訊いたこともあるんですけど、怒って『いい』って言ってました。友達にも乗れない人がいるし、って。まあ、あいつの場合乗れてもかえって危ないので、乗らないならそれでいいとも思うんですけど」

「……なんで妹さんの話なんすか？」大日方君が首をかしげている。

「つまり、大きくなっても自転車に乗れない人がけっこういるということです」秋野を見る。「そこの秋野もそうですし」

秋野に視線が集まり、彼女はさっと下を向く。僕はさらに続けた。

「で、僕らぐらいの歳になるとかえって乗り方を覚えるのも大変になるし、そもそも練習すること自体がすごく恥ずかしいと思うんです。いい大人が自転車に乗る練習なんて、って。だから人に見られたくはないけど、でも自転車の練習ができる屋外で、誰にも見られないところって、あんまりありませんよね。普通なら夜中にどこかに出かけていってやるのかもしれませんけど、秋野なんか門限があったりしてそれもできないし」

僕は周囲を見回した。

「だからここなんです。この弓道場は周りが囲まれてるし、今はテスト前で誰も来ません。誰にも見られずに昼間、自転車に乗る練習ができる場所って言ったら、他にそうそう思いつきませんよね」

「自転車」大日方君は驚いた様子で、目をむいて秋野を見た。「秋野先輩、自転車乗れないんすか？　いてて」

更科先輩がその後ろ髪を引っぱる。そういうふうに訊かれるのが嫌だから隠れて練習していたというのに。

「それってつまり、今週の試合見にきてくれるために、ってこと？」

更科先輩が訊くと、耳を真っ赤にして俯いている秋野は頷いた。

思えば、先輩の試合を見にいく、と言いだしたのは秋野だったのだ。しかし場所が花見川弓道場だと聞いて途端に黙った。自転車で行かなければならなかったからだ。タクシーや何かで行けば、「なぜ自転車で来なかったのか」と訊かれる。そこで嘘を重ねるくらいなら、大会までに自転車に乗れるようになろう、と秋野は考えた。ちょうどいいことに、まさにこの弓道場が練習場所にうってつけである。……まあ、弓道場で自転車の練習などしていいのかどうかは知らないのだが。

「外壁と、あと看的所の壁に自転車のタイヤの痕がついてましたよね？　あれ、そういうことだったんですよ。練習中にぶつけちゃったんです。その時の振動で棚に置いてあった的枠が落ちた」僕は看的所の方を見た。痕はまだついている。「この看的所、壁に手をついただけでぎしぎしいうくらいですからね。……で、元に戻そうとしたはいいけど、いくつかは壊れてしまっていた。焦った秋野は、とりあえず壊れたものを持って帰ることにした。たぶん直せないか試してみるつもりだったんでしょうけど」

秋野は、的枠がたいして高いものでなく、弓具店で簡単に買えるものだということも知らなかった。携帯で検索すればすぐに分かったはずなのだが、慌てていたのだろう。弓道部の人に事情を話せば、ではなぜ弓道場などにいたのか、と訊かれ、下手をすると自分が自転車に乗れないことまで話さなければならなくなる。だからそれができなかった。

乗れる人からすれば、「そこまで恥ずかしがらなくていいのに」と思うかもしれない。だが「泳げない」という弱点を持つ僕には、なんとなく理解できるのである。「みんなができて当然と思っていることができない」のは、辛いのだ。

「まあ、そういうことだね」

金属音がしてドアが開き、高校訪問時にいつも着ているスーツ姿の伊神さんが入ってきた。

「単純な話だよ。的枠は盗まれたんじゃなくて、たまたま落として壊れたから持ち去られただけなんだよ」

「伊神さん」

「君さ、僕が着いてから始めてよ」

「すいません」

大日方君と更科先輩はぽかんとして口を開けている。伊神さんのことは話してあったが、スーツでいきなり弓道場に登場したのは意外だったらしい。伊神さんのスーツは「教育実習生か何かに見せて、学校内をうろつく時の面倒をなくすため」の偽装である。

「まあいいや。……これ、普通に考えていけば簡単に分かることだと思うよ。的枠がなくなった。しかし的枠自体に価値はない。それなら犯人は『盗んだ』んじゃない。持ち去る理由もないなら、犯人は『持ち去るつもりで侵入した』のでもない」伊神さんは結局自分で喋った。「その上、自転車で看的所や囲いにぶつかった痕まであったわけでしょ。僕には、なぜ皆が『的枠が目的の泥棒』という方向で考えて勝手に迷走していくのか、そっちの方が不思議だったけど」

そう言われて皆、なんとなく俯く。的ばかり意識しているからかえって中らなくなる。その通りである。

「あれっ？　いや、でも」大日方君がいきなり大きな声を出した。「だって秋野先輩、アリバイあったでしょ？」

「偽装だよ、あれ」伊神さんはあっさりと言い、看的所の前の地面を指さした。「そもそもその足跡、相当おかしいでしょ」

大日方君は指さされた足跡を見たが、ぴんとこないようである。「……足跡のつき方とかですか？」

「違う。足跡がそれだけくっきり残ってるのに、なんで自転車のタイヤの轍《わだち》は残ってないの。そこの壁に思いっきりタイヤをぶつけた痕があるのに」

「あ。……そうか」更科先輩が先に理解した様子で言った。「つまり、足跡だけ後で作ったんですね。侵入したのは雨が降った時、っていうふうに思わせようとして」

「そう。秋野君が的枠を落としたのは地面が乾いた後だよ。乾いた後でも、水を持ってきてこの土だけ再び湿らせれば、足跡はつけられる」

秋野の家は門限が九時なので、本当の「犯行日時」は雨が降った金曜の夜ではなく、翌日の土曜か日曜の昼だろう。今はテスト前なので、土日なら、家からえんえん自転車を引いてきても誰かに目撃される可能性は小さい。

その証拠に、矢道の芝生（雑草）の中には自転車の轍がなかった。犯人が自転車を持ってきたのが足跡の残るような時間帯だったなら、矢道のどこかにも轍が残っていなければならない。だが皆でうろうろしながらチェックしても、何も出てこなかったのだ。

更科先輩は秋野を見る。「そこまでして……」

だが伊神さんは続けて言った。

「違う。足跡の偽装をしたのは秋野君じゃなくて、三野君だよ。おそらく的枠を落として逃げていく途中の秋野君を見て、何があったのか気になっていたんだろう。そしてその日の夜にもう一度こっそりと弓道場を見にきて事情を知り、彼女にアリバイを作ってやろうとこのトリックを実行した」

ミノからすでに聞いている。秋野が的枠を落としたのは土曜の昼過ぎ。それを見ていたミノは、その時は予定があったため素通りしたが、夜に戻ってきて事情を知り、地面を濡らして足跡を作ったのだという。

犯人の行動がちぐはぐに思えたのも当然だった。一見、無計画に見えたのは、秋野がもともと的枠など持っていくつもりがなかったから。それにもかかわらず念入りな偽装がされていたのは、その後にミノが細工をしたからだ。

柳瀬さんがミノの頭に拳骨を落とす。「ややこしくすんな」

「すんません」ミノは秋野と並んでうなだれた。

的枠を落としてしまった秋野は、おそらく自転車の籠にそれを入れ、自転車を押して出ていった。自転車が壊れた様子もないのに、丘の上の校舎から下りてくる秋野は乗らずに押している。しかも籠に的枠を積んでいる。弓道場に行ってみたら、的枠がなくなっている。自転車の押し方だって、普段乗っている人が降りて押しているのと、乗れない人が慣れない自転車を押しているのでは、動きが違う。ミノの頭脳なら、それらのことから事情を察することはできただろう。秋野に運動神経がないことは皆、知っている。

だからミノは考えたのだろう。秋野は自転車に乗れないのを恥ずかしがっている。なんとか力になりたかったが、事情を知っている、と切りだすのは躊躇《ためら》われる。それでとりあえず彼女の安全を確保し、いずれ相談を持ちかける。

僕は頭を掻くしかない。確かに気持ちは分かるのだが、あまりまっとうなやり方ではないと思う。秋野のことを考えるなら、とっさにアリバイ工作なんかをするより、事情を話して「一緒に謝りにいこう」と説得する方が理性的な対応のはずなのだ。だがこういう工作が得意なミノは、とっさに秋野のアリバイを作るトリックを思いついてしまった。

「足跡とタイヤの痕があるのに、轍だけがない。これは二つの事実を示している。一つ目は足跡が偽装だということ。二つ目は、偽装した人間が、自転車をぶつけた『犯人』とは別の人間だということ。……ぶつけた本人なら、壁にタイヤの痕がついていることに気付かないはずがない。仮に夜で暗かったとしても、壁にタイヤをぶつけたなら、そこまでのぬかるみに轍がないとおかしい、ということには気付いて然《しか》るべきだ」伊神さんは言った。「それなのに轍がなかった。となれば、足跡をつけてアリバイ工作をした人間は、壁に自転車がぶつかったという事実そのものに気付いていなかった、と考えなければ辻褄《つじつま》が合わない。つまり、別人だということだね」

更科先輩はミノと秋野を見比べていたが、首をかしげてまた伊神さんを振り返った。

「どうしてこの二人だって分かったんですか？　足跡が偽装なら、弓道部《ウチ》の部員でも犯行はできたわけですよね？」

「犯人が弓道部員なら、君たちは今頃事件の発生にすら気付いていないと思うよ。新しく的枠を買ってきて足しておけばいいだけだから」

同じ理由で柳瀬さんも容疑から外れる。的枠を買い足しておけば事件そのものを気付かれずに済んだのにそうしなかった、ということは、犯人は弓道に詳しくなく、的枠を買ってくる、という方法を思いつかない人間なのだ。柳瀬さんは的枠の値段なども知っていた。

「葉山君が犯人なら、僕を呼んだりはしない。解いてしまうからね」伊神さんは当然のように言った。「残ったのは三野君と秋野君の二人。どちらかがタイヤをぶつけ、どちらかが足跡を偽装した。それなら、ぶつけたのが秋野君で、偽装したのが三野君だ」

「まあね」柳瀬さんが頷く。「キャラ的にね」

「違う。論理的に、だよ。二人とも足跡の偽装によりアリバイを得ているけど、予備校という確実なアリバイがあるのは秋野君だけ。三野君のアリバイが成立したのはただの偶然でしょ。なら、偽装は秋野君のためにされた、ということになる」

「偶然、ですか？」僕が訊いた。「確かに金曜、ジョナサンにいたのは偶然だし、僕が帰り際に時計を見たのも偶然ですけど、ミノなら僕が時計を見るように誘導できませんか？」

しかし伊神さんは首を振る。

「時計を見るように誘導はできる。でも後日、アリバイを訊かれた君が『七時七分か八分』と正確に答えてくれるように誘導することはできない。もし君が大雑把《おおざっぱ》に『七時頃』だと答えてしまえば、三野君のこのアリバイは成立しなくなってしまう。偽装した本人なら、もっと確実なアリバイを用意するよ」

ミノのアリバイは数分の差で成立しなくなるような微妙なものだった。確かに伊神さんの言う通りだ。おそらくこれまで指摘されたことはすべて、伊神さんは僕から話を聞いた時に把握していたのだろう。

だが、そもそももう一つ、見落としていることがあった。伊神さんが言う。

「だけどね。そもそも的枠が、棚から落とした程度で壊れるというのがおかしいんだ。あるいは的枠は最初から壊れた状態だったんじゃないかな？」伊神さんは大日方君を見た。「たとえば弓道部の誰かがふざけて壊してしまった、とか」

伊神さんの視線を浴び、大日方君は電流か何かを受けたように背筋を伸ばした。「いえ、その」

その態度で分かった。だとすると、本当の「犯人」は秋野ですらない。

「いや、その」

大日方君は最初、ごまかそうとしていたようだった。だが伊神さんの推理を聞き、更科先輩に見つめられていることで、さっさと観念した方が得策だと感じたらしい。なるべく軽い調子を作ろうとして、しかしそれがうまくいかない、といった感じのかすれた口調で言う。

「あの……ちょっとジャグリングして遊んでたら落として。……ついでに転びまして、その時に踏んだ、というか、その上に尻餅をつきまして……あはは」

秋野が目を見開く。「……はじめから壊れてたの?」

更科先輩が腕を組んで大日方君に言う。「弁償な。弓道部《ウチ》じゃなくて秋野さんに」

柳瀬さんだけが頷いている。「まあねえ。やりたくなるよね。あの形」

「道具に対する敬意がない人間は、上達もしないよ」

伊神さんは大日方君にそう言うと、じゃ、と言ってドアから出ていってしまった。

いつもこうなのだ。解決したらさっさと帰るし、帰る時はいきなりだ。僕はせめて見送ろうと思ってドアから出たが、こういう時の伊神さんはやたらと素早く、もう坂を下りていくところだった。ひと仕事終えてすっきりなのか、それとも物足りないのか、測りがたいその背中に向かってお礼を言う。伊神さんは振り返りもせずに去っていった。

「秋野が壊したんじゃなかったみたいだね」隣に来た秋野に言う。「……で、自転車、乗れるようになった？」

秋野が黙って首を振る。

「練習、しようか？　なんならうちの妹も一緒に」

秋野は強く首を振ったが、途中でそれをやめ、俯いた。横目で様子を見ていると、ぎりぎり見てとれる程度に小さく頷き、それから、ぎりぎり聞き取れる程度に小さく言った。

「……がんばる」

家庭用事件

玄関で靴を脱ぎ、廊下を抜けてリビングのドアを開ける。電灯のスイッチをつけながら歩き、腕に提《さ》げていた買い物袋をカウンターキッチンの所定の位置に置いた後、とりあえずまた廊下に出て自室のドアを開ける。明かりはつけず暗がりの中で床にスクールバッグを置き、腕時計を外して机に置き、ついでに現在時刻をチェックする。先に制服を着替えようかという考えを一瞬だけ検討して却下し、また廊下を通ってキッチンに戻る。石鹸で手を洗い、エプロンをつけながら夕飯の献立をイメージする。イメージしながら米櫃《こめびつ》を出す。大抵の場合一番時間がかかるのが炊飯なので、米を研いで炊飯器のスイッチを入れるところまでは献立に関わらず最優先でする。だいたいはその間におかずを作る手順がまとまるから、手待ち時間はゼロである。

炊飯器のスイッチを入れ、それからふと思い出したことがあってリビングを横切る。レースのカーテンを開けると、思った通りベランダに洗濯物が揺れていた。窓を開けて手を伸ばし、乾いているのを確認する。もうすぐ妹が帰ってくる。夕飯の準備を急がなくてはならないから、取り込むのは後回しだ。カーテンは開けたままにしてキッチンに戻る。買い物袋から食材を出し、まな板と庖丁を出し、ついでにちょっとネクタイを緩める。ネクタイをしたままエプロンをかけ、料理中にふと顔を上げて窓の外の夜景を見る、というのはなんとなくドラマに出てくる人のようで恰好いいので、制服のまま台所に立つのはわりと楽しい。もっとも現実に勤め人をしていたら帰宅後に自炊する暇などないだろうし、うちのキッチンにしても、ベランダ越しに夜景など見ることはできない。高層階なので眺望は充分だが、今日は夜景の前にパンツや体操服がぶら下がっている。

母が夜勤の日に夕食を作るようになってもう六年目になる。献立のレパートリーはここ一年増えていないが、基本的にはピラニア並みの食欲を有する妹さえ満足させればいいので、ご飯の進むものを作っておけばそれで足りる。しかし考えてみればその志の低さこそがレパートリーの増えない原因であるといえる。来週あたり、新しい料理に挑戦してみよう。そう考えながらも手は自動的に動き、牛蒡《ごぼう》の皮を適度に加減しながらこそげている。慣れきった作業なので、別のことを考えながらしたところで失敗する気遣いはない。

一尾一尾の海老の剣先を切り取り一尾一尾の尾の先を切り揃え、さらに尾にたまった水分を一尾一尾しごき出す、という終わりなき単純作業を続けていると、リビングのドア越しに玄関の開く音がかすかに聞こえた。どすどすどすという犀《さい》を連想させる足音がそれに続き、ぶわぁ、と強烈な風圧をまきおこしつつドアが開くと、制服姿の妹が現れた。手を止めてお帰り、と言っても返事はなく、妹は長い脚で大股に歩いてリビングのカーペットまで到達すると、肩にかけていたバッグをソファの上に投げ出し、そのままうつ伏せに倒れ込んだ。うつ伏せのままぐり、と体を捻《ひね》り、ただいまと言うかわりに一言「疲れた」と言った。妹は陸上部である。僕と違って運動好きなので、いつも通り暗くなるまで練習していたのだろう。

「そんなとこに寝てると制服、皺《しわ》になるよ。風呂入ってきなさい」

言っても妹は動かない。万事につけ雑で基本的にだらしなく、母の言葉を借りれば「三回唱えないと動かない」腰の重い妹である。現に今さっき開けたリビングのドアは全開のままだしその彼方で玄関の閉まる音がようやく聞こえた。もっとハキハキと動かないと父親譲りの整った顔が台無しだと思うのだが、彼女自身は自分の顔かたちに関してほとんど自覚がなく、目下気にしているのは「兄より背が大きくなってしまわないか」という一点だけのようだ。

もう少しきちんとさせた方がいいのかもしれない、とは思う。だが、母からいつもだらしないだらしないと叱られているのも知っている。母がいる時はもう少しテキパキとしているにもかかわらずだ。この上僕まで口うるさくなったら逃げ場がなくなるだろうと思うし、妹の部屋が散らかっていてくれた方が、彼女と何か交渉する時に「そんなこと言うと部屋を掃除するよ」という脅し文句を使えるので便利、ということもある。そうした理由もあって、あまりいろいろ言う気にはなれない。

妹は僕の手元を見てまた簡潔に言う。「中華風スープに牛蒡サラダ、それから昨日出た南瓜《かぼちゃ》の煮つけ。そして海老チリソース」

夕飯の献立を百パーセント確実に言い当てるのが妹の特技の一つである。「正解。だから、出来たてを食べたかったら早く風呂入ってきなさい」

妹は物憂《ものう》げに目を伏せて数秒静止した後、突然がばっ、と立ち上がって早足で自室に消え、ばたんばたんとドアを開け閉めしてあっという間に洗面所に消えた。バッグはソファに投げ出したままだし中の汚れ物を出してもいないが、まあいいかと思って僕はリビングのドアを閉めて戻る。妹に甘いのは自覚しているが、まあ妹に甘くない兄などこの世にいるまい。

一体どういう入り方をしているのか、妹のたてる派手な水音を聞きながらスープの味をみて、続いて海老を軽く炒めてから一旦取り出す。一応、料理の本に書いてある通りの手間はすべてかけるし味付けも慎重にしている。味にこだわっているわけではない。妹は夕飯ができあがるタイミングに寸分違《たが》わず風呂から出てくる特技も持っているので、手を抜いて早く仕上げるとバレるのである。現に今も、スープの火を止めチリソースを煮立て、あとは海老とからめるだけ、というところになってドライヤーの音がし始めた。

炒めものはスピードが命。ことに海老はちょっと長く火を通すとすぐに固く縮こまってしまう。いかに手早くさっと火を通すか。ここが勝負の分かれ目なのだが、そういうスピード勝負は苦手である。油が温まるにつれて緊張も高まる。頭の中で唱える。火加減ＯＫ。片栗粉ＯＫ。よし。ブラックタイガー隊突撃。

という瞬間に突然、ばつん、という音がして視界が真っ暗になった。突然の変化に驚いた僕は思わずバランスを崩し、ブラックタイガー隊は勢い余って目標を外れた。一部はコンロに散乱し、そのさらに一部は床に落下して回転しながら滑った。

慌てて皿を置き、周囲を見回す。キッチンもリビングも闇に落ち、ベランダを見ると吊り下げられた洗濯物の白い生地が幽霊のようにぼんやりと浮かんでいる。冷蔵庫まで鳴りをひそめて動くのはただ手元で揺れるコンロの炎だけだ。じゅうう、という音が手元でしたので慌てて火を止めると、暗闇がさらに濃くなった。停電らしい。

まずどうすればいいのか、すぐには分からなかった。停電などいつ以来だか思い出せない。とにかく復旧させなくてはならないがまずどこから復旧させるべきか。そもそもどうやって復旧させるのか。妹が大丈夫か心配で駆けつけたいが一方でこぼれた海老もなんとかしなくてはならない。妹か海老か。冷静に考えれば明らかに妹だが手は海老を拾い集め始めている。

慣れない停電にひと通りパニックになり、慌てて踏み出して床に落ちた海老を蹴飛ばしますます状況を悪化させた後、浴室のドアが開く音を聞いた僕はとにかく明かりを探すことにした。ベランダから外の光が入るとはいえ、夜に電灯がつかないという状況は驚くほど心細かった。非常用の懐中電灯がどこかにぶら下げてあったはずなのだがどこにあったかを思い出せず、これでは非常用の意味がないなと反省する。髪が中途半端に濡れたままの妹がそばに来たところでようやく、食器棚のむこう側にぶら下げてあったことを思い出して懐中電灯を取る。

「停電？」もっと心細そうにしているかと思った妹は、わりとのんびりしていた。

「そうみたい。うちだけかな？」リビングを横切り、ベランダに顔を出す。右隣の大内《おおうち》家は明かりがついている。旅行中だと聞いていた左隣の土肥《どい》家も十分くらい前に帰ってきたようで、今は普通に明かりをつけている。洗濯物を手でよけて下を見たが、街の明かりもそのままだった。僕は窓を閉めて妹を振り返る。「うちだけみたい。ブレーカーが落ちたのかな」

「どうする？」

「あれってたしか、手で上げちゃえばよかったんだよね」

妹も自信がないようで、たぶん、としか言わなかった。「それより、ブレーカーってどこ?」

「たしか玄関の方だったと思ったけど……」

後で他人から聞いたところによれば、僕たち二人のこの反応はいささか鈍すぎるものであったらしい。普通の家庭では、電気の使いすぎでブレーカーが落ちるくらいのことは普通にあることで、うちのように前回の停電がいつだったのか思い出せないなどというのは恵まれているのだという。

母親に電話して訊いてみようという考えが一瞬浮かんだが、やめた。もう子供ではないのだから、停電程度自分でなんとかできなくてはまた溜め息をつかれる。僕は懐中電灯を持って廊下に出た。とにかく、ブレーカーを探せばいいのだろう。妹も後ろからついてきた。

結局、それから我が家に文明の光が戻るまでにはさらに十分近い時間を要した。僕も妹もブレーカーがどこにあるのかを知らず、廊下や洗面室をやたらと照らして物入れを片端から開ける羽目になったし、ようやく玄関脇のシューズインクロゼットを開けたところに分電盤を見つけても、どれをどういじったものか、そもそもいじってよいのか分からずさんざん逡巡《しゅんじゅん》した。結果的には左側のアンペアブレーカーを上げただけであっさりと電気が復旧したのだが、そのたった一動作を決意するためにはつまみに書いてある「切」の文字の発見と「ブレーカーは『落ちる』のだから上げるのが正しいのだ」という僕の推理と「やっちゃおう」という妹の言葉が必要だった。何事もなかったように明かりがついた瞬間、妹とハイタッチしたのは言うまでもない。

突然の危機を乗り越えた心地よい脱力感の中、散乱した海老を拾い集めて加熱しながら、僕はふと疑問に思って手を止めた。するとさっき、ブレーカーが落ちたのはなぜだろう。

妹はドライヤーを使っていた。炊飯器も動いていた。だが、電気を食うものといえばそのくらいで、暖房も冷房もつけてはいない。そもそもこれまでだって、炊飯器とドライヤーを同時に使うぐらいのことはしていたのだ。なぜ今日に限ってこんなことになったのだ？

停電時の共闘の後ゆえか、珍しく気を遣って配膳を手伝ってくれている妹に問う。「さっき、ドライヤーの他に何か使ってた？」

妹は首を振った。考えてみたら、ブレーカーが落ちたのは妹がドライヤーを使いだしてしばらくしてからだ。ドライヤーのせいで電気の使いすぎになったのなら、すぐに落ちてよさそうなものだ。

妹も疑問に思ったらしい。「お兄ちゃんの方は？」

「炊飯器だけだと思う。レンジも使ってないし」コンロはＩＨでも何でもない。他に動いている家電といえば、冷蔵庫と照明。あとは待機状態のテレビぐらいのものだ。それほど電気を食うとも思えない。

妹がサラダにドレッシングをかける手を止めて、こちらを見る。「おかしくない？」

「そうかもしれない。何か、壊れてるのかな」

だとすると、原因を突き止めないままというのは危険かもしれない。相手は電気なのだ。

「ドライヤー動いてる?」

『強』にした。炊飯器は?」

「ちゃんと『炊飯』を……あ、今炊き始めた」

夕食後、どうしても気になるので二人で実験をしてみることにした。ドライヤーと炊飯器を再起動したのだが、今度は何も起こらない。照明も同じようにつけたし、試しにテレビをつけ換気扇まで回してみたが、それでも何も起こらなかった。

ドライヤーを止めて戻ってきた妹が首をかしげる。「なんで今度は大丈夫なの」

「さっきより電気、使ってるはずだけど……」

妹は口を尖らせて悩んでいたが、不意に踵《きびす》を返すと廊下に出て、僕の部屋のドアを開けた。

「調べてみる」それなら自分の部屋のパソコンでやればよさそうなものだが、僕に部屋を見られるとまた片付けられると思っているらしい。

しかし、東京電力のホームページを始めいくつかのサイトを回って調べた僕たちは、また首をかしげることになった。

家庭用分電盤には三つの装置が入っている。一番左にあるのがアンペアブレーカーで、これは家庭全体で契約したアンペア数以上を使うと落ちる、というもの。その右にあるのが漏電《ろうでん》時に落ちる漏電ブレーカーで、さらにその右にたくさん並んでいるのが分岐用のブレーカー。これは一回路で二十アンペア以上の電気を使った時に落ちるものらしい。今回、落ちていたのはアンペアブレーカーだけだった。

ところが、調べてみたところ、アンペアブレーカーの落ちる原因は「使用電流が契約したアンペア数を超えた時」だけなのだという。他に考えられるのはせいぜいブレーカーの故障ぐらいのものだが、これは極めてまれなケースらしい。

だとすると、ますます分からないのだ。うちの契約アンペア数は四十アンペア。家じゅうをチェックしてついている家電を確認したのだが、結局、使用中だったのは十二アンペア程度のドライヤーと十三アンペア程度の炊飯器。それにリビング・ダイニングと風呂場・洗面室の照明。あとは冷蔵庫くらいだった。照明と冷蔵庫は合わせてもせいぜい六アンペアといったところで、これでは総量はせいぜい三十一、二アンペアにしかならない。

「おかしいな。あと九アンペアはどこから出たんだろ」

「機械が頑張ったとか」

「いや、炊飯器の十二アンペアとかって、一番頑張ってる時の数字だと思うよ」そうでなければ表示の意味がないだろう。「亜理紗《ありさ》、静電気で九アンペアくらい出せない?」

「無理。人をポケモンみたいに言わない」

妹は極めつきの帯電体質であり、乾燥時は火花を出す。しかし仮にそれで家電が壊れたとしても、落ちるのは漏電ブレーカーの方だろう。では炊飯器か何かの調子が悪くて余分に電気を食ったということだろうか。だが、調子が悪くてアンペア数が上がる家電など聞いたことがない。

腕を組んで唸《うな》り、首をぐるりと回してみる。妹も悩んでいるらしく、机に突っ伏してなぜか顎でマウスを動かしている。しかし、解答は出ない。こういう時はどうすればよいか。

もちろん、解決してくれそうな人に心当たりはある。

しかしあの人は電器屋でも便利屋でもない。いくらなんでも、こんな相談をするのは頼りすぎではないか。僕はそう思って踏みとどまった。しかし妹が突然体を起こし、後ろに立つ僕の腹に後頭部で頭突きをくらわせてきた。

「ぐえ」こいつの動きは予測不能だ。「何すんの」

「お兄ちゃん」妹はのけぞって僕を見上げる。「あの人に訊いてみて。神様みたいな名前の人」

……まあ、妹のリクエストならば仕方ない、ということにしよう。

伊神さんは僕が電話するとすぐに出た。毎度不思議でしょうがないのだが、普段なかなか電話に出ない伊神さんが、こういう相談をする時だけすぐに出るのはなぜだろう。何か変な超能力でもあるのかと思うと怖くなるが、とにかく僕は、これまでの状況をすべて説明した。

「……はい。アンペアブレーカーだけでした。それ上げたらすぐに復旧しましたし」

「契約が四十アンペアっていうのは、ちゃんと確かめたんだよね？」

「はい。ブレーカーに書いてありました」

「ふうん」

伊神さんの脳が問題の解析を始めたようだ。沈黙し、ノック式のボールペンでもいじっているのか電話口からはかち、かち、という音が断続的に聞こえてくる。僕が何か言おうか、それとも邪魔をしない方がいいか、と考え始めたところで、伊神さんはおもむろに言った。「今から行くよ。住所は？」

「今から、って」片道一時間半はかかるはずだ。「そんな、そこまでしてもらわなくても」

「君さあ、自分からネタを振ってきておいて妨害するっていうのは」

「すいません」妨害とまで言われた。

「じゃ、住所と君の家の間取り図をメールで送ってね」

「間取り図ですか？」

なぜそんなものが要《い》るのだ。しかし電話口からばさばさと音が聞こえてきたところからして、伊神さんはすでに出かける準備をしているらしい。僕の問いかけには答えず、付け加えた。

「あと、僕が着くまでに事件発生時と同じ状況を再現しておいてね」

海老チリも「状況」に含まれるのかを尋ねたかったが、伊神さんはもう電話を切っていた。

妹が期待に瞳を輝かせてこちらを見ていた。「何だって？」

「すぐ来るって」

妹は一瞬、驚いた顔を見せたが、すぐに何かを思い出した様子で部屋から飛び出した。ややあって壁越しに、がたごとという何かを動かす音。

……亜理紗。一つ言っておくけど、「部屋を片付ける」っていうのは、押入れに物を詰め込むことじゃないからね。

一体どういう乗り継ぎ方をしてきたのか、伊神さんは一時間ちょっとでやってきた。電話で住所を教えただけだから、近くまで来たら迎えにいこうと思って出かける準備をしていたのだが、迷った様子も全くない。それはいいのだが、人の家に上がるなら、相手の在宅が分かっていてもインターフォンを鳴らすのがマナーというか、常識ではないだろうか。外の廊下を歩く足音を聞いた僕が、もう来たのか、と思って玄関に出ると、伊神さんは勝手にドアを開けて入ってきていた。まるで我が家のごとく、である。

「早かったですね」あまりに早すぎはしないかという疑問を禁じえない。空でも飛んできたのだろうか。

伊神さんは僕の方を見もせずに靴を脱ぎ、僕を押しのけてどかどかと上がりこんだ。「ぐずぐずしていると状況が悪化しそうだからね」

「悪化ですか?」伊神さんがさっさとドアを開けてリビングに入るので、僕は慌てて後に続く。

「っていうことは、原因がもう……」

「間取り図を見てね。いくつか想像ができた」

リビングではなぜかよそ行きの恰好に着替えて待っていた妹が目を丸くしているが、紹介する間もない。伊神さんは空き巣でもここまではしないのではないか、という遠慮のなさでリビングを歩き回り、背伸びをして電灯をいじりまわしテレビ台を動かして裏のコンセントを覗き、僕がテレビを元の場所に戻している間に何一つ断ることなく妹の部屋に入った。妹が慌てて後を追おうとするともう出てきて、なぜか窓を開け、ベランダに出た。

【葉山家間取り図】

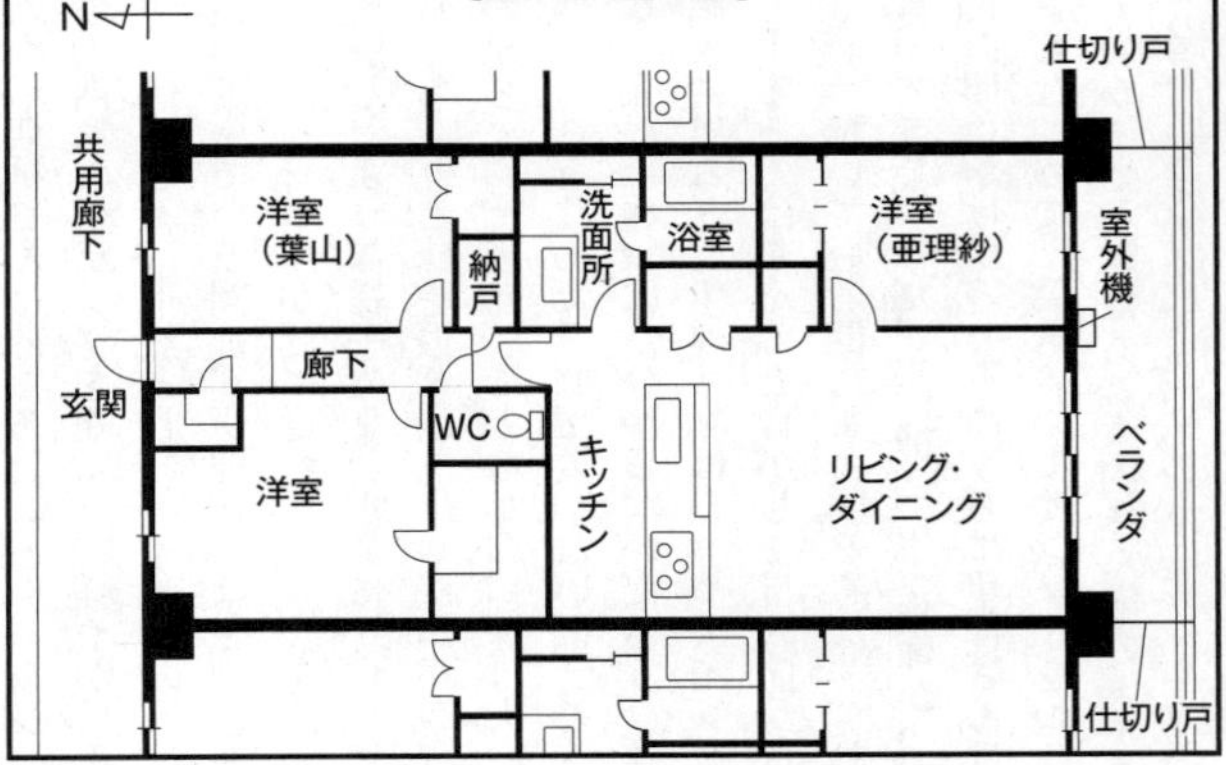

「伊神さん、ちょっと」

後を追ってベランダに出ると、伊神さんは洗濯物をかきわけながら歩き回っていた。物干し竿からハンガーが外れて僕の頭にジャージのズボンがばさりとかぶさる。僕は慌てて伊神さんの後ろについて、落ちそうな洗濯物を押さえて回った。洗濯バサミが外れて顔面にかぶさってきたバスタオルを取ろうと焦る僕を押しのけ、伊神さんはなぜか干してある洗濯物を一枚一枚めくりながら進み、室外機の陰を覗き、あげくのはてに隣の大内家との仕切り戸を摑んでベランダの手すりに乗ろうとした。

「伊神さんそこ壊れてます。落ちますっ」

うちの手すりは海方面から吹く風のせいか根元の金具が錆《さ》びていて、押すとぐらつくのだ。修理を頼まねばと思っていたが、日常生活に支障はないのでつい先延ばしにしていた。しまった、僕の怠惰のせいで伊神さんが落下——と思ったが、伊神さんは落ちるどころかバランスを崩すこともなく手すりに乗り、仕切り戸越しに隣の大内家のベランダを覗くと、軽やかに手すりから飛び降りた。手すりの方はぐらりと揺れたが、伊神さんは平然としている。この人は何だ。忍者か。

僕が驚いている間に、伊神さんはさっさと窓を開けてリビングに戻ってしまった。とてもじゃないがフォローが間に合わない。後を追ってリビングに入ると、伊神さんはもうすでに何かを理解したような様子でまっすぐにリビングを横切っていた。廊下に出るドアに手をかけたところでちらりと妹を振り返りはしたが、やはり何も言わずにさっさと出ていってしまう。

「お兄ちゃん」当然のことながら、妹は大いに困惑している様子だ。

「いつもこうなんだ。心配要らないよ」そうは言ったが、何がどう「心配要らない」のか、知らない人にはさっぱり分からないだろう。妹も眉をひそめるだけだ。

廊下に出ると、伊神さんはシューズインクロゼットに体を半分つっこんでいた。声をかけようとすると、ばちん、と音がして目の前が真っ暗になった。

「うわ」驚いている間にまた明るくなる。しかしせめて、ブレーカーを落とすなら落とすと先に言ってほしかった。「伊神さん、想像がついてる、っていうのは」

僕の問いかけが終わらぬうちに伊神さんは玄関を開け、外に出ていってしまう。見失ってはたまらないので、僕も急いでサンダルをつっかけて出る。伊神さんは左右をちらりと見比べると、向かって右隣にある大内さん宅のドアの前に立った。ドアを見たまま質問だけ発する。

「この家の家族構成は」

伊神さんはなぜか大内さん宅の表札を凝視している。個人情報になるが、とにかく僕は答えた。「御夫婦と男の子一人です。僕の三つ……四つだったか下の」

「うん。そうだろうね」

「はい？」

「ちなみに反対側、左隣の家は？」

「土肥さんですか？　御夫婦と、小さい子が二人……」

うちのブレーカーが落ちたこととそのことに何の関係があるのだろうか。しかし伊神さんは僕の答えを聞くと「なら、ますます間違いない」と言い、いきなり大内家のインターフォンを押した。何やってんですか、と止める間もなく、応答に出た大内さんの奥さんに「隣の葉山です」と名乗る。

僕とは声が違うのでさすがに警戒したらしく、大内さんは最初、細めにドアを開けたのみだった。しかし伊神さんは強引にドアを引き、短く悲鳴をあげる大内さんを見下ろす。

「隣の葉山家の関係者です。息子さんが御在宅でしょうから、部屋の中を見せていただきます」

見せてくれないか、という依頼形ですらない。大内さんが反撥どころか反応すらしないうちに、伊神さんは彼女を押しのけて強引に玄関に上がった。

「ちょ」何をやっているのだこの人は。さっさと大内さん宅のリビングのドアを開ける伊神さんと、振り返ってそれを見た大内さんを見比べ、これでは大内さんが悲鳴をあげかねないと判断した僕は、とっさに大きな声を出し、彼女に頭を下げた。「すいませんっ」

大内さんがこちらを向いたようだ。騒がれないためにはとにかく喋《しゃべ》ろうと思い、僕は顔を上げて思いついたことをとにかく言った。「すいません。あれ親戚の人なんですが、何か、その、お宅に変な人がいるみたいだ、って言いだして、止めたんですけど、変な人なので」

わけのわからない説明だが、それでもとにかく驚愕《きょうがく》する段階は脱したらしく、大内さんが不審げに眉をひそめる。この人を安心させるにはとにかく、伊神さんが僕の身内だということをアピールするしかない。「すいません非常識で。すぐ止めます」僕は伊神さんを追って大内さん宅に上がった。

遠慮している暇はないのでリビングのドアを開けてしまう。家具の配置がうちと違うのでとても同じ間取りの家とは思えない隣の家。洗い物の途中だったらしく、キッチンには汚れた食器類が重ねられている。伊神さんの姿がないと思ったら、ベランダ側の部屋のドアが開いた。

「伊神さん」

「見つけたよ」開いたドアから上半身だけ見せた伊神さんは、僕がそこにいることを分かっていたかのように、指示だけ飛ばした。「今すぐ、パソコンに詳しい人を呼びなさい」

「あの」

「早く」

「ちょっと、あなた何?」後ろから大内さんの声が聞こえた。振り返ると、ようやく状況の理不尽さを把握したらしき彼女が伊神さんを睨《にら》んでいた。「人の家に、勝手に」

「それはあなたの息子さんの方ですよ」いつものことながら、伊神さんの方は相手の怒気など見えぬ様子で応える。「一家の恥を近所に知られたくなければ、邪魔をしないことですね」

その言葉に嫌な予感を覚えた僕は、伊神さんについて部屋に入った。黄緑色の絨毯《じゅうたん》。ベッドの上に投げ出された鞄。床に積まれた雑誌。一見すると普通の部屋だが、主《ぬし》である男の子が床にへたりこんで俯《うつむ》いているのと、机の上にコードのついた黒いものが置いてあるところが、何か異常な状況を匂わせる。

「伊神さん、机の上のそれは」

「簡単に言えば、盗撮カメラだよ」伊神さんは、へたりこんでいる男の子を見下ろす。「レンズの直径は一センチ程度。これで君の家を撮影していた。狙っていたのはおそらく、亜理紗君の部屋だろうね」

亜理紗の――そう聞くと、途端に顔のあたりがかっと熱くなって、男の子の肩を摑んでいた。

「おい」

「落ち着こうね」伊神さんに襟首《えりくび》を摑まれた。「ここで殴りでもしたら面倒になる」

そんなことといいから殴る、と思って一旦は拳《こぶし》を握ったが、結局それはできなかった。思い切り奥歯を嚙み、せめて盛大に舌打ちする。

振り返ると、ドアが開いて大内さんが立っていた。彼女も話は聞いていたらしく、突っ立ったまま息子と、机の上の「盗撮カメラ」を見比べている。

僕は大内さんに言った。「少し、場を外してもらえますか。手荒なことはしません。話を聞くだけです」

大内さんはすぐに状況を理解したらしい。拒否するなら——とさらに言おうとした僕が言葉を発する前に、無言で後ろに下がってドアを閉じた。

僕は男の子を見下ろす。内心では、この野郎と思っている。「話せよ。でないと近所と学校にバラすぞ」

「もう一つ」伊神さんがそれに続けた。「共犯がいたよね？　夕食前まではここにいたはずだ。呼び戻しなさい」

大内家の息子から聞いた話は、だいたい予想した通りのものだった。うちのベランダに侵入してカメラを仕掛け、亜理紗の部屋を盗撮していたのだ。

大内家の息子が言うには、ちょっとした悪戯《いたずら》のつもりだったらしい。ある日、共犯者である友人が「面白いものがある」と言って無線式の小型カメラを持ってきたので、「ちょっと試してみよう」という話になったのだという。手すりにつかまれば隣の家のベランダに侵入できるから、留守を狙ってうちのベランダに侵入し、物干し竿をかけるフックの目立たないところにカメラを貼りつけた。ところが今日、遊びにきた友人と一緒にスイッチを入れたら、カメラの移置が動いているのに気付いた。心配になってうちのベランダを覗いたところ、テープが取れかかっていて、カメラが見つかりそうな状態になっていた。それを回収したかったのだという。

それでだいたいの事情が分かった。カメラを回収しなければならないが、普通の方法は採れない。僕の帰宅を待って、「落とし物をしたから」等の理由をつけてベランダに入れてもらう、というのでは、僕が「じゃあ取ってくる」と言えばおしまいである。こっそり侵入して回収するとしても、うちのカーテンが閉じられるのを待つわけにはいかなかった。ベランダには洗濯物が出ているから、カーテンが閉じられる前に、家の人間は必ずそれを取り込みに出てくる。

というわけで大内家の息子は、うちが留守の間に急いで回収することにし、共犯者である友人をうちのベランダに侵入させた。しかし彼が回収に手間取っている間に僕が帰ってきてしまった。二人は焦った。もし見つかれば、留守の間に人の家のベランダに侵入して何をしていたのか、という話になる。

彼らは大いに困ったはずである。僕は帰宅してすぐにレースのカーテンも開け、キッチンを動かなかった。ベランダの隅に潜んでいる友人は、洗濯物を揺らしながらその前を通り抜けるわけにはいかなくなった。逆隣の家もすでに家人が帰宅しているから、そちらに逃げることはできない。しかも、ぐずぐずしているうちに妹まで帰ってきてしまった。リビングのドアは開けたままだったし、彼女が風呂に入っていることはベランダから覗いていれば推測できただろうが、風呂から上がれば、次にどこに行くかは予想がつかない。その前に友人はベランダから脱出しなくてはならなかった。

最初大内家の息子は、玄関からうちを訪ね、適当な用件を話して時間を稼ぎ、その間に友人を脱出させるつもりだった。しかし、怪しまれないようなうまい口実が思い浮かばない。しかも大内家のキッチンには彼の母親もいる。万一友人が母親に見つかった場合、友人は「人の家に遊びにきて、勝手にその隣人宅に侵入した」という構図になってしまうから、脱出時には自分が一緒にいなければ母親をごまかすことはできそうになかった。加えて、ベランダの手すりは触るとぐらつくのだ。壊れて落ちるほどのぐらつきではないにしても、誰かが押さえていないと怖くて、つかまって仕切り戸の脇を抜けることができない。

うちの玄関の前で悩んでいた彼は、もしかして鍵が開いているのではないかと気付いた。そこで思いついたらしい。こっそり入って、ブレーカーを落としてしまえば。

おそらくは携帯で連絡をとっていたのだろう。妹は浴室にいるが、キッチンにいる僕が邪魔で脱出できない、という状況は、大内家の息子も把握していた。それで考えたのだ。自分がブレーカーを落としたら、友人はそれを合図にしてすぐにカメラを取り外し、リビングの前を抜ける。自分はすぐ自宅に戻り、僕が復旧させてキッチンに戻るまでの間に、友人に手を貸して自宅のベランダに戻せばいい。この建物は契約アンペア数が大きいから、滅多なことではブレーカーが落ちない。逆にいえば、住人はブレーカーが落ちることに慣れていないから、時間的な余裕はあるはず。そう考えたという。おそらく以前、大内家でもブレーカーが落ちた時にひと通りばたばたしたことがあったのだろう。

二十分ほどすると共犯者の友人が来て、大内家の息子の自供を裏付けた。うちを盗撮しようと言いだしたのがどちらか、という点については二人とも「自分ではない」と言い張ったため軽く喧嘩になったが、「ちょっとした悪戯のつもりで」という点は二人とも頑固に主張した。もちろん、完全にただの悪戯なら妹の部屋を狙うわけがないのだが、この二人の心理についてはなんとなく想像ができたので、僕は何も言わなかった。

その後、友人でパソコン研究同好会会長の磯貝《いそがい》君が大内家まで来てくれた。持つべきものは友だと思う。カメラのバッテリー駆動時間が短かったらしく、パソコンの中にあったファイルには部屋のカーテンしか写っていなかったのだが、磯貝君は残っているファイルを復旧不可能な形で消してくれた上、念のためにと言ってファイルが消去された痕跡も探してくれ、ネットに流して商売をしていた可能性もあるからと言ってネット上の履歴をトレースし、映像が流れていないことまで確かめてくれた。この時ほど彼を恰好いいと思ったことはないのだが、彼はその後「こういうの流して金稼ぐやつに比べたら、僕のやってるモザイク消し屋なんて可愛いもんでしょ」と言い、さらに僕にも営業をかけ、せっかくの恰好よさを大幅に減殺させた。

母親である大内さんには、カメラを見せて概要だけ説明した。息子のやっていることをある程度は認識していたのか、彼女は平謝りに謝り、どうか許してやって、と懇願《こんがん》した。僕は、妹が許すなら、とだけ言っておいた。

その後、大内家の玄関まで来ていた妹と一緒に自宅に戻り、事件のことを話した。磯貝君はこういう気持ち悪い話を妹にして大丈夫かと心配してくれたが、うちの亜理紗はそれを聞いて怒りこそすれ、怖がってストレスをためるようなタイプではない。大丈夫だと答えた。

僕が話を終えると、妹はうんざりした様子でテーブルに突っ伏しかけたが、隣に座る伊神さんを見て慌てて姿勢を正し、一言だけ感想を言った。「殺す」

その様子を見た磯貝君が腕を組んで同情する。「僕もあれはどうかと思うよ」

一方の伊神さんは、妹の隣で表情を変えずにお茶を飲んでいる。僕からの説明は終わったが、伊神さんに訊きたいことがまだあった。「伊神さん、どこでそこまで分かったんですか？　ただブレーカーが落ちた、って聞いただけなのに」

伊神さんは僕が電話で話した時に、すでに事件を想像していたようだった。僕には不思議だったが、伊神さんは平然と答えた。「別に、論理的に考えただけだよ」

伊神さんはカップを置き、僕に視線を据えて淡々と説明した。

「アンペアブレーカーだけが落ちる原因は三つしかない。電流の合計が契約アンペア数を超えたか、ブレーカーそのものが故障したか、誰かが手で落としたか、ね。前二者がないなら後者しかない。だとすれば、次は誰がブレーカーを落としたか、という話になる。家にいたのは君と亜理紗君だけで、そのどちらでもない。つまり必然的に、家の外にいた人間が落とした、ということになる。ネズミがよじ登ってつまみを踏んづけた、っていう話も聞いたことがあるけど、この家にはネズミなんかいなそうだしね」

伊神さんはうちのダイニングを見回した。「キッチンに君がいた以上、その人間は玄関から入ってブレーカーを落としたということになる。それができたのは当然、同じ建物に住む人間……少なくとも建物の内部をよく知っている人間でなければならない。君は知らないかもしれないけど、分電盤がシューズインクロゼットの中にある、という家はわりと珍しいんだよ。普通は玄関か洗面所の上の方だからね」

伊神さんのカップが空であるのに気付いた妹が甲斐甲斐《かいがい》しく立ち上がり、お代わりを用意しにキッチンに行った。さっきから、いつになくよく働く。

「空き巣なんかの可能性も考えたけど、家の人間が一番よく動き回る夕食時に侵入する空き巣なんていない。怪しいのは隣の人間だよね」伊神さんは妹の背中にちらりと視線をやり、話を続けた。「では、なぜ隣の住人がわざわざこの家の玄関に侵入してブレーカーを落としたのか。ブレーカーを落とすことで確実に起こるのは、一時的に家電製品が止まることと、君がブレーカーを上げにくることくらいでしょ。家電製品はブレーカーを上げると元通りになるものしか使っていなかったわけだから、落としても意味がない。となれば犯人の目的は後者。犯人かその仲間は、ベランダ方向から君の家のどこかに出入りするつもりだということになる。でもそれなら窓が開いているとか、そういった侵入の痕跡がなかったことの説明がつかない。何秒後に復旧するかも分からないんだから、犯人には余裕がないはずでしょ。窓から出入りした犯人が、丁寧に侵入の痕跡を消してから出ていくのはおかしい。念のため屋内に盗聴器か何かの痕跡がないか探してみたけど、ざっと見てもそういうのはなかったしね」

電灯だのコンセントだの見ていたのはそういうことだったらしい。

「盗聴器とかカメラって、そんな小さいのがあるんですか？」

「あるよ絶対バレないの」磯貝君が代わって答えた。「さっきのあれは安物だったけど、高いのはすごいよ。カメラなんか、いいやつはネジやボタンに偽装できるサイズなんだよね。もちろん録音機能付きだし、画質もホームビデオ並み。いや僕は使ったことないけど」

妹がティーポットを携《たずさ》えて戻り、伊神さんに微笑《ほほえ》みかけてからカップにお茶を注ぐ。伊神さんは妹に礼を言って続けた。「屋内でなければ、犯人はベランダに出入りするのが目的だった。それなら説明がつく。君はずっとベランダが見えるキッチンにいたわけだからね」

「だからベランダに……」

「下着泥棒か何かの可能性も疑ったから洗濯物も確認したけど、盗《と》られた様子はなかったし」

「ちょっ、そういうのは僕に言ってくださいよ」

伊神さんは平然とした様子でティーカップを口に運ぶ。「となれば、亜理紗君の部屋が怪しいと思ったんだよ」

うちの高さであれば下から覗かれることはないから、カーテンはそれほど神経質に締め切ったりしてはいなかった。妹の性格を考えれば、カメラに何も写っていなかったのは幸運といえるかもしれない。

「ただ、ブレーカーを落としてそれが復旧するまでの短時間で、犯人が自宅を通り抜けてベランダに侵入して、ひと仕事して脱出する、というのは時間的に難しい。君は大分うろたえたようだけど、普通は停電したらすぐブレーカーだと気付くし、分電盤の位置も家の者は知っているからね。とすれば、単独犯ではない」伊神さんはベランダに視線を巡らせる。「もっとも、もし犯人が複数なら、片方はインターフォンで君を呼び出して釘付けにしておけばいい。どうしてそうしなかったのかは、ベランダの手すりに触るまで分からなかったけどね」

手すりが壊れて人が転落する、という事故もないわけではない。早いうちにあの手すりは直さないといけないが、隣の住人の行状を考えれば、直すついでにブービートラップの一つも仕

掛けておくべきかもしれない。

ついでに我が家の防犯体制を見直した方がいいのかもしれない。郵便受けに鍵を入れていくのはもうやめるべきだし、玄関のドアにも補助錠をつけた方がいいだろう。今回は悪戯程度で済んだし伊神さんに助けてもらえたが、次もそうだとは限らない。母はこういう場合に当てにならないので、僕がしっかりしなければならないのだ。現代社会に蔓延《まんえん》する事故や犯罪から妹を護《まも》らなければならない。

もっとも、目を輝かせて伊神さんの横顔を覗き見ている妹は、おそらく僕のことなんか全く当てにしていないのだが。

お届け先には不思議を添えて

1

一学期の期末テストが終わった七月中旬ほど解放的な時期はない。一応、スケジュール上は終業式まで一週間ほどあり、その間にテストの返却とか球技大会とかいったものが存在するのだが、僕たち生徒にとってはテストの最後の科目が終わった瞬間からもう夏休み。答案回収後に周囲の席の友人と向きあい「終わったな」「ああ、終わった」と感慨のこもった言葉を交わしながらも、心はもうどこかに遊びにいっている。そういう時期である。余裕たっぷりでいられるこの時期でなければ、あるいは僕は、この事件に関わっていなかったかもしれない。

僕が事件発生を知ったのは、テストが終わって週が明けた月曜日のことだった。この日も授業はあったが、今のうちに少しでもカリキュラムを進めておこう、と考えるまめな教師はこの学校にはいないらしく、どの授業もテストの返却と雑談で終わり、中には開始三十分くらいのところで「今日はもういいでしょう」と授業を切り上げる剛の者もいた。集中力も何も要《い》らない一日が過ぎ、なんとなくエネルギーのあり余っている放課後。僕は友人のミノこと三野小次郎と二人、並んで廊下を歩きながら返ってきたテストの結果について盛り上がっていたのだが、物理の平均点が十七点だった原因について喋《しゃべ》っていたミノは不意に言葉を切り、前を見て声をあげた。「辻さん」

ミノの視線の先を追って前を見ると、両手で段ボール箱を抱えて階段を上がってきた女子が立ち止まり、こちらを振り返ったところだった。同じクラスで、映研（映像研究会）会長兼放送委員の辻さんである。

「おーす。何やってんの？」鞄を肩にかけ直しながらミノが歩み寄ると、辻さんは段ボール箱をちょっと抱え上げてみせ、「これ、返ってきた」とだけ言った。

箱はスクールバッグくらいの大きさで、蓋の部分には辻さんの字で「文化祭ＬＩＶＥ93年〜07年」と書いてある。数日前、僕たちは映研の手伝いで、放送室にしまったままであった昔のＶＨＳテープを段ボール箱に詰めて三箱ほど発送したのだが、そのうちの一つだった。

「それ、なんで返ってきたの？」

ミノが訊くと、辻さんは箱を抱えたまま首をかしげる。「なんかね、玉井《たまい》さんから連絡があったの。届いたテープ見てみたら、伸びたりしてて再生できないのが何本か交じってたって。一応、他の二箱は大丈夫だったっていうから、とりあえずこの箱だけそのまま返送してもらったんだけど」

「伸びたり、ってどんな感じに？　中の磁気テープが伸びてるってことか？」

ミノが訊くと辻さんは「分かんない」と言って首を振り、いきなり箱を下ろして蓋のガムテープを剝がし始めた。「見てみようか」

廊下のこんなところでやらなくても、と思ったが、僕がそう言う前に辻さんは思い切りよくガムテープを剝がし、蓋を開いてしまっていた。箱の中にはＶＨＳテープが数十本、隙間なくぴっちりと詰め込まれている。

「あー、こりゃひでえな」横から手を伸ばし、何本かのテープを出してケースから取り出したミノが、中の一本を僕に見せた。テープは確かに、ひと目で分かるほど中の磁気テープが伸びてぐしゃぐしゃにからまっていた。肉眼で物理的に駄目になっていることが分かる記録媒体。もしかして物理的にテープを伸ばせば復活したりするのだろうか。アナログというのは何かすごい。

ミノは渋い顔をしている。「再生不能っつうか、こんなの再生したらデッキの方が壊れるぞ。玉井さんとこの機材、大丈夫だったって？」

ミノから受け取ったテープをためつすがめつしながら辻さんが頷く。「玉井さんの方は大丈夫だって言ってた。箱、開けてすぐ気付いたみたいだから」

それを聞いて、僕はとりあえず安心した。もともとむこうの好意に甘えて箱を送らせてもらったのに、それで相手の機材を壊してしまっては申し訳ないどころではなかった。

——箱を発送したきっかけは五日前の放課後、福本《ふくもと》さんという映研のＯＢが、仕事の途中で近くを通ったから、と放送室にやってきたことだった。福本さんは、映研が大量に保管しているＶＨＳテープをＤＶＤ化することを提案してくれたのである。

「俺の大学の後輩に玉井ってのがいるんだけど、そいつが機材無駄に持っててさ。訊いてみたら、お安い御用なんだと」操作卓に腰掛け、器用に脚を伸ばして楽な姿勢をとりつつ福本さんが言った。「言えば安くやらせられるよ」

映研の手伝いで放送室に出入りしていた僕は、その時もたまたま放送室にいた。「あ、それいいですね。DVDにしちゃった方がコンパクトだし」

映研の本拠地である放送室には、本棚、ロッカー、キャビネット、パソコンデスクと、場所を塞《ふさ》ぐ物が大量にある。もともと狭い部屋だから当然過密状態であり、放送室は四、五人の人間が入るともう立ち回りが困難になるような有様である。映研にとってはありがたい話だろう。

「俺がいた頃からもう、こんな感じだったからなあ」福本さんは部屋をぐるりと見回す。「俺らの代から始まったことだけど、三年が卒業する時、後輩に『俺たちの代では無理だったが、お前たちが卒業するまでにはなんとかここを片付けてくれ。頼んだぞ』って言い残していくのがもう恒例になってるみたいだな」

「それ、あたしの一コ上の先輩も言われてました。なんとかしなきゃとは思ってましたけど」辻さんは壁際に置いてあるロッカーを振り返った。「でもVHSテープ、すっごいいっぱいありますよ。三十年前とかからだから、たぶん百本以上」

「ああ、構わん構わん。最初だけちょっと操作して、あとは終わるまで放っとくだけなんだから」福本さんはぱたぱたと手を振る。そういうものらしい。「ただ、時間はかかるよ。少なくとも夏休み明けくらいまでは」

「それはいいんですけど、でも、普通に業者さんに頼んだらけっこうお金かかるのに」

「玉井いわく、送料とディスク代が別なら一本百円でいいってさ。女子高生の頼みなら喜んで、って言ってた」福本さんは笑顔で言った。「ただ、連絡用に辻ちゃんのアドレス教えてくれって」

「ちょっとそれ、大丈夫なんすか」僕同様たまたま放送室に来ていたらしいミノが横からつっこみ、神妙な顔になって辻さんに説教を始める。「辻さん、ただほど高いものはねえって言ってだな」

福本さんは喉をひくつかせて笑った。「心配要らねえよ。あいつ結婚してる」

「なおさら心配っす」

「十一月に子供産まれるって」

「なおさら心配っす」ミノは頭を抱えた。「辻さん、やめとけ」

「ありがとうございます。すっごい助かります」辻さんはミノを無視して頭を下げた。「じゃ、すぐみんなにメールして訊いてみます」

「玉井の仕事の関係で、頼むんならすぐ頼まないといけないんだけど。いつ発送できる？」

「明日には」辻さんは拳《こぶし》を握る。「あ、ちょっと待ってください無理かも。明後日には」

福本さんは彼女の仕草が面白いのか、苦笑交じりに頷く。「じゃ、明後日な。どんくらいある？」

辻さんはちょっと首を捻《ひね》り、壁際のロッカーを凝視していたが、やおら傍《かたわ》らの机を動かし始めた。「見てみます」

問題のロッカーは放送室の隅、机の陰になった棚のさらに陰で埃《ほこり》をかぶっており、そもそもまず扉を開けるために、十分ほどかけて棚と机とその上に置かれた小型の本棚を移動させ、スペースを作らなくてはならなかった。このロッカーには映研の卒業生たちが作った映像のうちVHS形式のものが詰められているとのことなのだが、そもそもVHSのデッキを触ったこともない部員が大半になった現在では興味を示す人もいなくなり、辻さんによれば入部以来開けられたところを一度も見たことがないのだそうだ。なるほど邪魔な物を片付けてからあらためて見てみると、問題のロッカーは半ば壁と一体化したような様相で、なんだか下手に動かすと祟られそうだった。辻さんは躊躇《ためら》うことなく扉に手をかけたが、僕は開ける瞬間、何か封印されていた魔物の一匹も解き放たれるのではないかと感じ、少し緊張した。

むろん実際にはそんなことはなく、上に載っていた綿埃が一つ二つふわりと舞っただけだったのだが、開けた辻さんは心配そうに福本さんを振り返った。「多いですよね？　できれば古いのから」

「ああ、こんくらいなら平気平気」顔の前に飛んできた綿埃を払いつつ、福本さんが言う。開かれたロッカーを見ると、VHSテープのラベルが百以上並んでいた。文化祭のライブビデオ。オリジナルの映画。何の記録なのか「映像記録」とだけ書かれたものや、「〇〇出品作品」と書かれたものもある。一番古いものには八七年の表記があった。当たり前のことだが、僕がまだ生まれてもいない頃に高校生をやっている人がいて、市立《ウチ》の映研で活動していたのである。

福本さんはロッカーを一瞥《いちべつ》して頷く。「一度に送っちゃって大丈夫。玉井、辻さん名義でゆうパック送ってくれたら、すぐやるってさ。玉井の住所教えとくわ」

「やっぱ怪しいっすよその人」ミノがまたつっこんだ。

しかし、お願いしますと頭を下げる辻さんの傍らで口を尖らせていたミノは突然、何かを思いついた顔になって揉み手を始めた。

「いやあ流石《さすが》は福本の旦那。心が広い先輩を持って辻さんも幸せでやんすねえ」

シャツの胸ポケットからメモ帳とボールペンを出して福本さんの言う住所を書き留めていた辻さんは、ぎょっとして振り返った拍子にボールペンを取り落とした。

僕も驚いた。「……ミノ、どうした?」

「いやいやいや」ミノはにやつく。「まあ、なんですな、ちょいとばかしつまらねえお願いが」

「何だおい」福本さんが気味悪そうにミノを見下ろす。「いきなりどうした」

「いやいやいや、厚かましいお願いだってえこたあ重々、承知之助でやんすが」ミノは怪しげな言い方をした。「演劇部のテープも十本ほど、お願いできやせんかねえ?」

おそらくは無意識に口を開けていた福本さんは、何秒かしてから、ようやく事態を呑み込んだ様子で言った。「……えっ、君、映研じゃないのか? 何部だって?」

「いやいやいや、名乗るほどのもんじゃ」

「こいつは演劇部の三野小次郎です。僕は美術部の葉山。すいません僕たち映研の部員じゃないんです」僕はミノに代わって素早く言った。僕は「絵が描けるから」という理由で映研の人に頼まれ、絵コンテの制作を手伝っていただけである。映研でも演劇部でもないことを早く断っておかないと、どちらかの部員にされてしまう。

「……三野？　演劇部？」福本さんはわけがわからないといった様子で片眉を上げる。「何だ？　じゃ、なんでここに」

「僕は今日、手伝いで来てただけなんです」僕はなぜか申し訳ない気分になり、頭を下げた。

「俺は遊びにきていただけです」ミノはなぜか胸を張った。「まあ、袖振り合うも他生《たしょう》の縁と言いやすし、ここで会ったが百年目、魚心あれば水心でひとつ宜しくお願いしますよ旦那」

「そうか……いや、そりゃまあ、いいだろうけど」テスト中のため他の映研部員はすでに帰宅していて、この場にいるのは辻さん一人である。それを聞いて、福本さんは微妙に肩を落とした。「部員じゃないのか」

「いやあ有難い。申し訳ねえことでございます」ミノは鳩のように頭をへこへこ下げ、それから僕を引き寄せて囁《ささや》いた。「よっしゃ契約成立。お前も手伝ってくれるな？」

「それはいいけど、でも映研の先輩なのに」

「業者に頼むと一本千五百円とかかかるんだよ。ここで頭下げた方が断然安上がりだ」

「聞こえてるぞ」福本さんは呆れ顔で言った。「別にいいけどな。じゃ、明後日の放課後で大丈夫か？　車で取りにきてやるから、梱包《こんぽう》して渡してくれれば」

「いやいやいや旦那、そこまでしていただくこたあございやせん」

「いや、どうせ俺も玉井に送るものあるから、ついでだよ」福本さんはへこへこするミノを見下ろす。「何だ？　車で来ると困るか？」

「いえいえいえ、取りにこさせると高くつきやすし、大変有難えこってして」

「持込割引って一個百円くらいだぞ？」福本さんは苦笑する。「まあ、じゃ、夕方までには来られると思うから、玄関に出しといてくれ」

「へっへっへ、すいやせんねえ。じゃあお願いするってことで」

……僕とミノが関わることになったのはそういう経緯である。翌々日、僕たちは辻さんを手伝ってテープを梱包し、福本さんと一緒に発送した。百二十本という予想外の数になった。ミノが持ってきたテープのせいである。

覚えている限り、発送時にどこかぶつけたりひっくり返したりという事故はなかったはずだ。それまでの保存環境が特に悪かったとも思えないし、状態がそこまで悪くなっているようには見えなかったのだが――

2

狭い放送室で三人が顔を突き合わせていると、なんとなく息苦しくなってくる。僕は机に積み上げたテープをまとめて摑んで段ボール箱に戻すと、半歩下がってふうと息をついた。

僕の隣でテープをより分けていた辻さんがこちらを向いた。「葉山君、そっち何本だった？」

「見て分かるのは二本。九七年の①と、九八年の①」僕は机に積んだテープに手を置いて答え、逆隣のミノを見る。「そっちは?」

「あー、こっちはゼロだわ。じゃ、全部で十本だな」ミノは手にしていたテープをケースに入れ、段ボール箱に戻した。「でも、他のもそう見えねえだけでやばいかもよ。業者に送ってチェックしてもらった方がいいと思う」

辻さんが頷く。「うん。この箱以外は大丈夫だったらしいから、演劇部のは大丈夫だって」

「そりゃ助かった」ミノはそちらについてはあまり関心がない様子で頷いて、箱を見下ろす。

「アナログはこういうとこがなあ。二十年保《も》たねえって言うし」

とりあえず箱ごと放送室に運び込み、三人で損傷しているテープの数を確認した。損傷したのは文化祭のライブビデオだけだったようだが、九五年と、九七年から九九年までのものはそれぞれ、三本に分けたうちの一本ずつが駄目になっていたし、九六年と二〇〇〇年にいたってはもっとひどく、①から③まで全滅していた。箱に戻した他の三十本も一見大丈夫そうに見えるだけで、ミノの言う通り、見えないところで磁気テープが切れたり捩《よじ》れたりしている可能性がある。

「でもこのテープ、いつの間にこうなったのかな。送る時はこうじゃなかったよね?」

辻さんに訊くと、彼女も眉間に皺《しわ》を寄せて頷いた。「うん。あたしも大丈夫だと思ったけど……」

「運んでる間にぶつけたとか何かで?」

「そういうのじゃ、こうはならないと思う」辻さんはテープをケースから出したりしまったりしながら、こちらを見ずに答える。「それに玉井さんからはちゃんと、送った次の日に『届いた』ってメールがあったもん。事故とかもなかったと思う」

「送る時、ちゃんと全部確認すりゃよかったな」ミノは腕を組んで、機材の載っているラックを振り返った。「壊れたデッキで再生したりするとこうなることがあるんだよ。放送室《こ こ》のデッキのどれか、壊れてるかもしんねえぞ。古いし」

放送室の機材は古いものであっても動かなくなるまで使うとのことで、中には昭和の時代を知っているような骨董品も平気で交ざっているらしい。いつの間にか壊れている可能性もなくはなかった。

ミノはビデオデッキを指で撫で、指先についた埃を見ながら言った。「テープとデッキの修理ができる業者知ってるから、頼んでみようか？」

「うん。ありがと」そう言う間だけミノの方を向き、辻さんはまたテープに視線を戻す。「お願いするかもしれない。手伝ってくれてありがとね」

「おう」

まだテープと向きあったままの辻さんを残して放送室を出る。僕は今後の予定を考えた。今日はエネルギーがあり余っているので、別館の美術室に行って制作中の絵を大分仕上げられる。……とも思ったのだが。

僕は悩んだ末、ミノと別れて放送室に戻った。ノックしても返事はなかったが明かりはついていて、戸を開けると辻さんはまだ、突っ立ったままテープと睨《にら》めっこしていた。やはり、と確信し、僕は声をかける。「辻さん」

ノックに応答しなかった辻さんは名前を呼ばれてようやく反応し、こちらを見た。僕は尋ねた。

「……何か、気になることがあるんだよね？　そのテープ」

辻さんは無言だが、僕は続けた。「テープがそうなったことに何か……不審なことがあるとか、そういう事情があるの？」

「葉山君」辻さんは素早く体をこちらに向け、なぜか身構えた。「……覚《サトリ》(1)？」

違う。「いや、ただちょっと、そんなふうに見えただけなんだけど」

僕は手と首を振って否定したが、辻さんはなぜか警戒した様子でこちらを観察している。

「ごめん。別に何もないならいいんだけど、なんか、その、納得いってないような感じに見えたから。それだけだから」僕は妖怪でも超能力者でもないつもりなのだが、時折変な勘が働くようで、他人の心中を言い当ててしまってぎょっとされることがある。

僕が机に歩み寄り、箱に手をかけると、辻さんはちょっと体を引いた。近付かれると頭の中を読まれるとでも思っているのだろうか。「あんなにたくさんのテープがあそこまでぐちゃぐちゃになるなんて、普通はありえない……とか？」

「うん」また言い当ててしまったらしく、辻さんはすり足で一歩引きつつ頷いた。それから腕だけ伸ばし、テープを一本出した。「それにね、これ、九三年とか九四年のもＶＨＳだし」

「どういうこと？」

僕が尋ねたことでようやく安心したらしく、辻さんは少しだけ緊張を解いた様子で箱に近付き、テープを出して僕に渡した。「放送室《ウチ》のデッキ、S‐VHS対応なの。なのにこのテープ、全部ノーマルVHSなの」

辻さんによると、VHSの中にはS‐VHSという、より画像のきれいな方式があり、VHS時代にはデッキやテープもそれ用のものが売られていたらしい。VHSのデッキではS‐VHS方式の映像が観《み》られないことと、VHSの画質が向上したことなどがあり（というか、世間がそれからすぐにDVDに移行してしまったので）、それほど普及はしなかったそうだが、放送室のようにS‐VHS対応のデッキを置いてあるなら、なぜS‐VHSのテープを使わなかったのか分からないという。

「今はS‐VHSのテープなんて探さないと売ってないけど、九三年とかだったらそうじゃないと思う。画質だって差があったし、せっかくS‐VHSのデッキがあるのに、わざわざ全部ノーマルVHSっていうのは……」

「変？」

「変。っていうことはつまり」

「つまり？」

「どういうこと？」

訊かれても困る。しかし辻さんの方は僕に下駄を預けてしまったつもりらしく、無言でこち

（1） 人の心を読んで言い当てる妖怪。言い当てるだけで何もしない。

らを見ている。どういうこと、なんて言われてもなあ、と思いながらも、僕は箱の中を見る。並んでいるテープは年ごとにメーカーがバラバラだったが、いずれも保存状態はよさそうで、ラベルなど妙に綺麗である。綺麗すぎるほどに。

……これは、もしや。

思いついた僕は、辻さんに、この中に再生しても大丈夫そうなテープがあるか訊いた。辻さんは首をかしげていたが、ぱっと振り返ると棚をごそごそと探り、ドライバーを出してテープの一本を分解し始めた。そんなことをして大丈夫かと心配になったが、VHSテープというものは簡単に分解できるようになっているらしい。彼女が分解して「たぶん大丈夫」と判じたテープを入れると、デッキは何事もなく動いた。

思った通りだった。テープのラベルには「文化祭LIVE　95年①」とあったが、よく見ると中に入っていた映像は市立高校《ウチ》の体育館で撮影したものではなく、どこか他の学校の文化祭のもののようだった。これは一体どこの文化祭だ、と思って観ていたら、映像は十分程度でぷつんと切れてしまった。

異状が起こらないかとデッキのテープ差込口ばかり見ていた辻さんもさすがに驚いた顔になる。映像がそこまでしか入っていないと知ると、デッキを止めて僕を見た。僕も頷いてみせた。

「……どういうこと?」

辻さんだってとっくに分かっているはずと思っていた僕は拍子抜けして脱力したが、とにかく説明した。「つまり、このテープは贋物なんだ。誰かが最近、映研の作ったライブビデオをこれとすり替えた。だから、S-VHSで撮っているはずの年のものまでノーマルVHSなんだ」

辻さんはようやく事態を呑み込んだらしく、ぱっと振り返って箱を覗く。「これが全部贋物?」

「たぶん」

「いつから……」言いかけた辻さんは後ろのロッカーを振り返り、箱を覗き込み、またロッカーを振り返った。よく動くというか、考えていることが全部動作に出る人らしい。「でもこのテープ、出したのって何年かぶりだし……」

「だとすれば、この間これを送ってから、返ってくるまでの間だと思う」

「だって誰が? 何のためにそんなこと」

「気付かれないようにテープを盗むか、抹消するため。その理由は分からないけど、何か犯人にとってまずい映像があったのかもしれない」

喋りながら妙に陰謀めいた言い方をしてしまったなと思ったが、事実ではある。

箱をあさり、いくつかのテープをケースから出す。磁気テープが伸びて完全に使えなくなっているのは、九五年から二〇〇〇年までのものだ。

僕はふと思いついたことがあって、辻さんに訊いてみた。「あの福本さんっていう人、何年前の卒業生?」

「たしか、十……何年だっけ」そこまで考えて思い当たったらしく、辻さんは二〇〇〇年のテープを取り上げ、大声で言った。「そう。二〇〇一年度卒業って言ってた。だとしたら二〇〇〇年に二年生！」

その年のテープは全滅している。「じゃ、たぶん」

「そう。絶対それ」何か重大なことを思い出したらしい辻さんは、なぜか大急ぎでそれを伝えなければならない衝動に襲われたらしく、早口になった。「あの人、前はすっごいたまにしか来なかったのに、最近、続けて来てるの。なんか転職したからとか言ってたけど、でも、でもね、今思い出したんだけど、たしか前に一度、昔のライブビデオまだ取ってあるかどうか訊かれたの！　しかも、しかも、しかもね」

「辻さん、落ち着いて」

辻さんはぴょんぴょん飛び跳ねんばかりだ。「それ、それがしかも、しかもね？」

「落ち着いて」

「しかもね、その前もなんか別の先輩が来たことがあるの。何て言ったっけ？」

「僕に訊かれても」

「そう。仲宗根《なかそね》さん。あの人もなんか怪しかったの！　二〇〇〇年のライブビデオを貸してくれって言ってきて、でもね、あたしね」

「落ち着いて。その人も二〇〇〇年に在校生だったの？」

「うん。聞いてないけどたぶんそのくらいの歳だった。だからあたしね、一応、テープをそのまま貸し出すんじゃなくてダビングして渡すことになってるからダビングしますって言ったの。

なのに断られたの。なんか焦った感じだった！」

「っていうことは、二〇〇〇年のテープに、福本さんや仲宗根さんにとって都合の悪い何かが写ってたんだね。今になってから問題になるっていうことは、当時は何でもなかったのか……」

そこまで考えて、ふと思い出したことがあった。箱を覗く。

「辻さん、これ、二〇〇一年のテープはなんでないの？」

「えっ、うそ？」箱に飛びついた辻さんはしかし、すぐに「あ」と言って顔を上げた。「たしかこれ、最初からないんだと思う。先輩から聞いた気がする。体育館のライブ、禁止になった年があるって」

「どうして禁止になったの？」

「分からない。どうして？」

訊き返されても困る。僕は辻さんから視線を外し、息を止めて頭の中を整理した。

「つまり、前の年に……二〇〇〇年に何かあったんだ。だから翌年は禁止になった」

「何があったのかな？」

「分からないけど、何か問題になるようなことがあった。で、たぶんそれに関係する何かがライブビデオにも写ってるんだ。どうして今さらなのか分からないけど、とにかく犯人は今になってそのことに気付いたか何かして、ビデオを回収しようと思った」

「不都合な真実を闇に葬ろうとしたってこと？」

随分と大仰《おおぎょう》な言い方ではあるが、おそらく当たっている。僕は頷いた。辻さんは俯《うつむ》いて動きを止めていたが、いきなりぱっと身を翻《ひるがえ》して入口の戸を開けた。

「辻さん」

「当時の関係者を探してみる。調べなきゃ」

別に僕たちは調べなければいけないという立場ではないはずだ。しかし辻さんはシャツの胸ポケットからメモ帳とボールペンを出し、鞄を肩に引っかけた。「葉山君も事件当時を知ってる人、探してみて。進展あったらメールしてね」

放り出すように言って、もう廊下に出ている。辻さんが出ていった後の静けさの中で僕は、そういえば夏服のシャツの胸ポケットにメモ帳と筆記用具を携帯している女子って初めて見たなあ、というどうでもいいことを考えていた。

さて、二〇〇〇年のライブで何があったのか。大分昔の話ではあるが、卒業生なら何か知っているかもしれない。しかし、卒業生で僕が知っている人、というと。

僕は携帯を出した。

3

「僕をいくつだと思ってるの。二〇〇〇年のライブなんて知らないよ」

「ですよね」

僕が電話したのは昨年の文芸部部長兼変人兼天才の伊神さんである。気軽に連絡ができるＯ

B・OGでいろいろ知っていそうな人、というとまずこの人が浮かんだからなのだが、事情を話して尋ねてみても、答えは返ってこなかった。

「まあでも、面白そうだね。君の話の通りならすり替えをした犯人は明らかだけど、なぜ今になって映像を消す必要が出てきたのか」

それでもどうやら、伊神さんは興味をひかれたらしい。電話口のむこうから身を乗り出すような気配が伝わってくる。「とりあえず、その玉井さんっていうのが何者か、見てみないとね。住所を教えてもらおうか」

「えっ、いきなり訪ねるんですか？」

「そりゃそうでしょ。まずその人に会わないと何も始まらない」

一旦興味が湧いたことに関しては、この人のフットワークはおそろしく軽い。僕は箱に貼られている送り状を見て、住所を言った。東京の八王子《はちおうじ》方面だが、伊神さんは「一時間で着く」と言った。

「すぐ行くんですか？」

「もちろん。それと、君には別の人にあたってもらう。三野君のお兄さんは市立の卒業生だから、訪ねてみて」

そういえば以前、ミノがそう言っていた気がする。伊神さんは以前にもミノのお兄さんを知っているようなことを言っていたから、何かでつきあいがあるのだろう。僕は伊神さんの言う住所と、大学の所在地をメモした。

「訊いてくるべきことは三つ。一つ目は、二〇〇〇年の文化祭ライブで何があったか。二つ目は、二〇〇一年度卒の福本、仲宗根両名と、玉井がどういう関係か」

「はい」

「三つ目は、その三名が独身か既婚か、独身なら彼女持ちかどうか。以上」

「はい？」

あのう三つ目の質問は、と訊こうとしたが、その時にはもう電話を切られていた。


伊神さんがすでに電話してくれていたらしく、ミノのお兄さんは僕が電話するとすでに事情を了解していた様子で、研究室にいるから構内のカフェで会おう、と快く応じてくれた。大学院生がそうまで暇とは思えないが、いつでもいいから着いたら連絡してくれ、と言っていた。

午後四時半という時刻であり、ビルの壁に当たる日差しは少しだけ黄色っぽくなっている。訪れた某大学は下校時刻（大学ではそう言わない気もするが）らしく校門周囲に学生が溢れていた。門は広いし、車が出入りするし、学生は皆私服の上に楽器やラクロスティックをかついでいたりするので、なんだか学校という感じがしない。どこから入ったものか、そもそも勝手に入ってよいものか分からない僕が守衛さんに「入っていいですか」と尋ねたら、守衛さんはなぜか目尻に皺を寄せて笑いながら「どうぞ」と言い、僕が用件を告げると丁寧にカフェの場所を教えてくれた。

学生以外が入っていいものか分からなかったので僕はカフェの入口で待っていたのだが、やってきたミノのお兄さんは「入っていいのに」と笑って僕を促した。ミノのお兄さんはミノを一回り大きくした感じの人で、穏やかさは体の大きさに比例するとでもいうのかミノを一回り穏やかにした目つきの人だった。武蔵《むさし》という名前からしてどんな剣豪が現れるかと内心びくびくしていた僕は安心し、席に着くとすぐに事情を説明した。

「二〇〇〇年かあ。俺が入学したのは翌年だしなあ」武蔵さんはケーキの角を順々にフォークで削りつつ、記憶を呼び起こそうとする様子で視線を上にやった。

「翌年の文化祭では体育館ライブが禁止になったそうですが」

武蔵さんはしばらく無言のままもぐもぐ口を動かしていたが、僕が待っていると、何か思い出した様子でケーキを口に入れたまま「んん」と頷いた。

おっ、と思ってわずかに身を乗り出す僕の視線には頓着《とんちゃく》せず、武蔵さんはゆっくりフォークを置き、紅茶を一口飲んで、カップを置いてから口を開いた。

「そういえば一年の時、聞いた気がするなあ。何だったったっけ。なんか怪我人が出たとか仲宗根さんが言ってた」

「怪我人。いや、それより」目的とする名前がいきなり出てきたのでつい身を乗り出してしまう。テーブルに膝が当たってカップが鳴った。「仲宗根さんを知ってるんですね? 福本さんはどうですか? 玉井さんは?」

「あれっ」武蔵さんは少し驚いた様子で、細い目をくっ、と見開いた。「仲宗根さんのこと知ってるの?」

「まあ、その、一応」伊神さんから「事情は話すな」と釘を刺されている。しかしこちらのことを話さないまま一方的に尋ねるだけというのはどうも、騙《だま》しているような罪悪感がある。

「福本さんは知ってるよ。玉井さんって人は……」武蔵さんはマイペースに首をかしげ、フォークを動かしつつ喉の奥で唸《うな》る。「ごめん。玉井さんって人は記憶にない」

「……ええと、三野さん」ミノだって「三野さん」だから、僕としてはこう呼ぶと紛らわしくなる。しかしいきなり「武蔵さん」では少々馴れ馴れしい。どう呼ぶべきか少し迷った。「仲宗根さんたちとはどういう関係なんですか？」

「うちのサークルの先輩が仲宗根さんたちとバンドやってたんだ。福本さんもその友達っていうことで、何回か会っただけなんだけど」

「福本さんも高校の時から一緒にバンドをやってたんですね？」

「うん」こちらがあまりまっすぐに見すぎたせいか、武蔵さんはなぜか弁解するような口調になる。「ああ、でも俺、ライブを観たことはないんだ。そのバンドは二〇〇〇年で解散したって言ってたし」

「二〇〇〇年で……」座り直し、ついでに紅茶を一口すすって態勢を整える。そういえば、ケーキと紅茶はほったらかしだった。「具体的に二〇〇〇年のライブで何があったか、分かりますか？　怪我人、っていうのは……」

「いや、ごめん。俺もそれは知らないんだ」別に謝ることではないのだが、武蔵さんは申し訳なさそうに言う。その仕草がなんとなくこの人の人柄を表しているような気がする。

「バンドについて何か知りませんか？　具体的に何か、その……バンド名とか」

武蔵さんは斜め上に視線をやりながら「んー」と長く唸った。唸りながらなぜかフォークでケーキを削っているので、ケーキはすでにバラバラになってしまっている。「……バンド名はたしか、『ブーメラン・エフェクト』って」

『ブーメラン・エフェクト』……」

「何かの用語でそういうの、あったと思うよ。ただ、それ以外はちょっと……」武蔵さんは斜め上を見たまま、申し訳なさそうに頭を掻いた。「ごめん。バンドの人たちとも何回か会ったことはあるんだけど、仲宗根さん以外は福本さんしか思い出せない」

「いえ、別にそんな」謝るようなことではない。「ええと、仲宗根さんとはよく会うんですか？」

「そうでもないけど、ライブにはまだ行ってるし、この前」言いかけた武蔵さんは、なぜか口を開けたまま言葉を切り、見えない何かを手で払う仕草をして「あー、何でもない」と言った。

「あの、何か？」

「いや。仲宗根さん、来月結婚式って言ってたの思い出しただけ」

「あ……そうなんですか」

奇しくも伊神さんに言いつけられた質問事項に合致した。「……それは、おめでとうございます。ええと、もしかして市立出身の人と？」

「いや、職場で知りあった人とか言ってた気がする。よく知らないけど」

「……そうですか」

結局その点については、仲宗根さん本人に訊くしかなさそうだった。もともと武蔵さんも、仲宗根さんとはそう親しくないらしい。まあ、武蔵さんが薄くとはいえ仲宗根、福本両名とつながりがあっただけでもついているといえる。結局、聞けた話はそれだけだったが、武蔵さんは仲宗根さんに会ったら電話番号を聞いておく、と言ってくれた。

その後しばらくは普通に雑談していた。武蔵さんは学校でのミノの様子を聞きたがり、歳が離れているせいもあって、なんだか兄というより親のようだと思った。基本的ににこにこしている人であり、情報を提供してもらったのにケーキまでおごってもらい、こういう兄がいるミノをちょっと羨《うらや》ましく思った。

ただ、仲宗根さんの名前が出た時、彼が一度だけ口ごもったことだけが気になった。

4

武蔵さんと別れて駅まで歩きながら、とりあえず辻さんに電話しておいた。武蔵さんから聞いた話を伝えると、辻さんが鼻息を荒くするのが電話越しでも分かった。彼女の方はというと、当時のことを知っている教師は皆転任してしまっているため、聞き込みをしても収穫はなかったのだという。校史も調べてみたらしいが、体育館でのライブが禁止されたにすぎないから、何も載っていなかったとのことである。

映像作家というよりはジャーナリストの性質を持つ辻さんは僕の報告にますます好奇心を刺激されてしまったらしく、「仲宗根さんの連絡先分かったら教えて。あたしが行く」と興奮気味に言った。仲宗根さんが犯人とグルだとしたら、会えたところではたして本当の話が聞けるかどうかは怪しいのだが。

電話を切り、僕は自分の考えをまとめながら歩いた。駅の入口に辿《たど》り着き、学生服とスーツの集団をかわしながら切符を買い、ホームへの階段を上る。具体的な話は聞けなかったが、事件の真相についてはとりあえず想像がついた。要するに仲宗根・福本両名は高校時代にバンドを組んでいたが、二〇〇〇年のライブで「怪我人が出た」何かがあって、それでバンドも解散した。その時のことがなぜ今になって問題になるのかは分からないが、とにかく彼らは映像を消して、その何かをなかったことにしようとしているのだろう。放送室を開けている時は必ず放送委員か映研部員がいるから、あのロッカーからこっそりテープを持ち出すのは不可能だ。そこでまず仲宗根さんが放送室を訪れて、テープを直接借り出そうとした。しかし失敗した。そこで彼らは一計を案じ、次に訪れた福本さんがDVD化を提案した。もちろんDVD化して返ってきた映像からは、都合の悪い部分が削除されているのだろう。

となれば玉井さんも、少なくとも事情は知っているはずだ。考えてみれば百二十本のテープを全部DVD化するなどあまりに大変な作業だし、玉井さんが機材を持っているからといって気軽に応じてくれるとは思えない。彼もグルだったか、福本さんが頼み込んだかのどちらかだろう。玉井さんの仕事の関係ですぐ頼まなければならない、という福本さんの発言も、辻さんに早く発送させるための方便かもしれない。

そう考えてみれば、発送時の福本さんの行動も腑《ふ》に落ちる。

辻さんは玉井さんの住所を聞いていたし、発送前に玉井さんに連絡もしていたとのことだから、発送作業は僕たちだけでやらせてよかったはずだ。福本さんにしたって、平日なんだからそう簡単に仕事を抜けられないだろう。なのに彼はあの日、わざわざ車で学校に来て発送作業を手伝ってくれた上、放送室にも顔を出した。

要するに、福本さんは僕たちの発送作業がちゃんと済むかが気になっていたのだろう。そう考えれば、あの時の福本さんの不自然な行動にも納得がいく。

ホームの列に並びながら、僕は発送時の記憶を丁寧に並べ直し、再生した。


——辻さんは大急ぎで顧問の先生と部員に話を通し、福本さんがＤＶＤ化を提案した翌々日、テスト最終日の昼過ぎに、テープの発送作業をした。映研ＯＢの好意に便乗した関係上ミノは発送作業を買って出て、なぜか僕まで手伝わされた。

とはいえ、僕が放課後すぐ放送室に行くと、辻さんとミノはもう来ていて、ミノが持参した箱を組み立て、テープを詰めているところだった。

「手伝いに来たけど……もしかして別によかった？」

「いや助かる。下まで運ぶしな」僕に逃げられまいとしてかミノは即答した。

僕が作業を手伝い始めてすぐ、戸が開いた。「よう。もう荷物作ったか？」

福本さんだった。仕事中らしくスーツ姿である。

「あっ、こんにちは。スーツですね」送り状を書いていた辻さんが顔を上げて言わずもがなのことを言い、それから並んでいる箱を振り返った。「……けっこうすごい量になっちゃってますけど、ほんとにいいんですか？」

すでに梱包済みの箱が一つ。サイズ的にはもう一杯なのだが一本でも多く詰め込もうとするミノがパズルに取り組んでいる箱が一つ。どちらも片手では持てないサイズの箱だが、ロッカーを見るとまだ数十本のテープが並んでいるので、もう一箱は増える。

しかし福本さんは、梱包済みの箱とロッカーを一瞥しただけで簡単に頷いた。「これだけだろ？　なら大丈夫」

辻さんはほっとした様子で礼を言ったが、ミノは揉み手をしながらまた例の変な口調になった。「演劇部のは十本ほどで済みましたんで。へっへっへ、すいませんねえ」

福本さんは簡単に応じた。「ああ、いいんじゃねえの？　全部で三箱に収まるくらいだろ？」

「へい、それはもう、きっちりと」

この口調に慣れたのか、ミノの喋りは一昨日より滑らかだった。

玄関に車をつけてくる、と言って福本さんが出ていくと、ミノはガッツポーズした。「よーし一万五千円浮いた。フェーダー付き調光器ゲットまでもう少し」

結局、箱は三つで済んだ。梱包した箱の中身が分かるようにした方がいいとミノが言うので、辻さんが蓋の部分にそれぞれ「演劇部／映像作品　87年～97年」「映像作品　97年～07年／文化祭LIVE　87年～92年」「文化祭LIVE　93年～07年」と、あまり女子らしくない角ばった字で書いた。

箱を持ち上げてみる。ビデオテープなんて中はほとんど空洞なのだからたいした重さにはなるまいと思っていたが、四十本も詰めてあるだけあってそれなりの重量があった。辻さんが持とうとすると、ミノが「重いからいい」と言って止め、自分は二箱重ねて持ち上げた。

「げっ、三野君大丈夫？」

「いつも機材運んでるからな。葉山、送り状持ってこい。辻さんは片付け頼むわ」

ミノは腕の内側で箱を支えながら持ち上げ、するりと出ていってしまった。それなら僕も、と思って箱をさっと摑んで持ち上げようとしたのだが、重量に負けて落としそうになった。

「……葉山君、替わろうか」

「平気。ちょっと滑っただけだから」

急いでそう言って廊下に出ると、階段のところでミノが箱を下ろし、腰に手を当ててひと息ついていた。

「おい、ミノ」

「別に予想外に重かったとか、そういうことではない。でも先行け」

なら恰好つけなきゃいいのに。

放送室は四階である。階段を下りながら両手で持った箱の意外な重さに唸り、これを詰めたミノは引越しの時に文庫本を箱一杯に詰め込んで腰を壊した親戚と同じタイプだなと思った。

福本さんは正面玄関のすぐ外に車を停めていてくれた。「あれ？　箱、それ一つじゃないよな？」

「はい。あと二つあります」

「じゃ、それ助手席に置いちゃってくれよ。悪いな、車小さくて」

「いえ、ありがとうございます。正門出たとこのコンビニってゆうパック出せませんし、駅前のどこかまで持っていかないといけないんです。手で持ってったら大変でした」

「で、あと二つは？」

「今、取ってきます」僕は助手席に箱を移し、玄関に戻った。ミノが箱を二つ重ねて持ち、ぱったんぱったんと足音をさせながらがに股で階段を下りてくるところだった。

「大丈夫か？」

「大丈夫だ。だが一つ持ってくれないと腕が抜ける可能性がある」

そういうのは大丈夫とは言わない。

僕がミノを連れて戻ってくると、なぜか福本さんが一つ目の箱を車から降ろし、開封していた。

「あれ、どうしました？」

「ああ、いや」福本さんは腰に手を当てて、どうしようかな、という顔で箱を見下ろしている。

「そっちの二つも、スペースに余裕ないか？」

「へっへっへ。完璧に詰め込みましたぜ。詰め込みは得意分野でして」ミノがにやつく。

福本さんは「そうか……」と困った顔をし、助手席側のドアを開けて車内に首をつっこんだ。

「いや、俺も玉井んとこに送る物があったから、一緒に入れちまおうと思ったんだけど」

福本さんが出してきたのは何枚かのＤＶＤだ。「これだけなんだが、そっちの二つに入れられないか？」

ミノは頭を掻いた。「すんません。三箱ともぴっちり詰めちまいました」

「どのくらいぴっちり？」

「それはもう、芸術的に」ミノはへっへっへ、と笑った。「蟻一匹入りません」

福本さんが残り二箱を開封してみると、なるほどミノの言った通り、テープは美しいまでに隙間なく詰め込まれており、本当に蟻一匹入らないのではないかと思われた。確かに、どうせゆうパックを送るなら一つの箱には詰め込めるだけ詰め込んでしまった方が得だし、中でテープがたがた動くのはよくない。

福本さんはテープを何本か取り出し、ケースから出してみたりしながら何か考えているようだった。テープには「文化祭ＬＩＶＥ　二〇〇〇年③」と書かれている。詰め込まれてはいても特に傷はないようだ。

福本さんは笑ってテープをしまい、梱包し直した。「本当に完璧だわ。お前凄《すげ》えな」

「そりゃもう」ミノは笑い、それから頭を下げた。「すんません。なんか途中で面白くなっちまってつい」

気持ちは分からないでもない。福本さんも苦笑する。「いや、俺のは別に送るからいいよ」

その後は特に問題という問題もなかった。ゆうパックを扱っているコンビニがなかなか見つからなくて駅前をぐるぐる回る羽目になったり、駅前のコンビニに駐車場がなかったため車を停められず行ったり来たりしたり、ミノがレジで「やべえ手持ちねえ」と焦りだし結局僕が立て替える羽目になったりしたが、まあ、そのくらいである。福本さんは発送後、僕とミノを学校まで送ってくれ、そこですぐに別れたし、ミノに代わって支払いをした僕は、辻さんに送り状控えとレシートを渡してすぐに立て替え分を回収できた――

ホームの列の前に並ぶおじさんの胡麻塩頭を眺めながらそこまで振り返った僕は、一つ納得して頷いた。福本さんの行動の意味するところが分かったのだ。

箱を車に積む前、福本さんはテープを箱から出しただけでなく、何本かはケースから出していた。箱の詰め具合を見るだけならその必要はないわけで、あれはつまり、目的である二〇〇〇年のテープがちゃんと入っているかを確かめるつもりだったのだろう。辻さんはテープの本数の多さを気にしていたから、荷作りをしてみてこれはあまりに多すぎると思ったら、遠慮して一部の発送を見合わせてしまう可能性がある。その場合、優先的に送られるのは古いテープだろうから、二〇〇〇年のテープがなかなか玉井さんのところに届かない、ということになる。福本さんはそれが不安だったのだろう。思い返してみれば、あの時福本さんがケースから出して見ていたテープには「文化祭LIVE 二〇〇〇年」の三本も含まれていた。

問題は先輩たちがいつ、どこで箱の中のテープをすり替えたかである。

あの箱が発送されるまでに中身をすり替えるのは不可能だった。だとすれば、考えられる可能性は二つしかない。一つは、玉井さんが福本さんたちとグルだった場合だ。玉井さんは箱を受け取ってから、何食わぬ顔で贋テープを詰め直し、送ってもらったテープが損傷していた、と言って送り返せばいい。もう一つは、玉井さんがグルでなかった場合。この場合でもすり替えは不可能じゃない。犯人は箱が届く頃、玉井さん宅にお邪魔して開封に同席し、こっそり中身をすり替えればいい。

いずれにしても、鍵は玉井さんが握っているのだ。伊神さんもおそらくそう考えたのだろう。まず玉井さんを訪ねた伊神さんの判断はやはり正解だったのだ。

前者の場合、伊神さんであれば、脅すなり騙すなりして（もちろん、もっと穏便な手段をとる可能性もあるが）玉井さんが共犯であることを訊き出すか、少なくともその状況証拠ぐらいは摑んでくるだろう。後者の場合でも、犯人は玉井さん宅を訪れなければならないから、玉井さんから証言が得られるはずである。

それですべてに納得がいく。残された、そして最も重要な問題は、いかにして問題のテープを取り戻すか、だった。二〇〇〇年のライブで何があったかについては結局、テープを見ないと分からない。それに辻さんは忘れているが、実際上、一番の問題は「映研のテープがなくなってしまった」ということなのである。ＯＢとはいえ部外者に貸し出した結果、保存していたテープを四十本も紛失してしまったのだ。もし取り戻せなければ、福本さんの提案に乗り、部員や顧問の承諾を得て回った辻さんが責任を問われることになる。

だが、どうやって取り戻すか？

おそらくはもう、テープは福本さんたちの手に渡ってしまっている。贋物を用意してまですり替えの事実を隠そうとした福本さんたちが、すんなりと犯行を認めてテープを返してくれるはずがない。証拠を手に入れて突きつければいいだろうが、僕にそれができるだろうか。

電車がホームに入ってきたちょうどその時、伊神さんから電話があった。

「あーもしもし葉山君。どうやらちょっと面白いことになってきたかもしれないよ」

「はあ」僕は携帯を耳に当てたまま、後ろのおじさんにぶつかられながら列から脱出し、人の来ないベンチ付近まで移動した。嫌な予感がする。「何があったんですか？」

「どうやら玉井さんは、すり替えに関与していない」

一瞬、思考が停止した。ついまともに訊いてしまう。「そうなんですか？」

「僕もてっきり、彼がすり替えるか、すり替えの事実を知っていると思ってたんだけどね。どうもそうじゃないみたいだよ。玉井さんは単に福本さんの大学の後輩だというだけで、市立には何の関係もないし、福本さん以外とはつながりがない」

「でも、だからって関与してないとは」

「そうなんだけどね」伊神さんは一拍置いた。路上で話しているらしく、背後から車のエンジン音が聞こえる。

「僕が訪ねた時、玉井さん本人は不在でね。奥さんから話を聞いたんだけど」伊神さんは、よく聞いてね、と断ってから言った。「荷物は三つとも一昨日の夕方に届いた。受け取ったのは奥さんだけど、送り主に心当たりがないから玄関に置いておいた。その夜、御主人が帰ってから、玄関に迎えに出た奥さんはその場で荷物のことを説明し、夫と一緒に居間に箱を運んですぐに開封した。つまり玉井さんのもとに荷物が届くまで、箱は一度も開けられていないんだ。そして開封時は奥さんも一緒にいた」

「はい」

「開封した直後、奥さんがテープの損傷を発見した。夫と一緒に他のテープを確かめ、どうも損傷しているものが複数交じっていると分かり、御主人は辻君にメールを送った」

「……それって、つまり」

「そう。つまり、玉井さん宅に届いた時点でもう、テープの中身は入れ替わっていた」

「まさか」つい声が大きくなり、慌てて周囲を見回す。ホームにはばらばらと人がいたが、誰も僕を見ているわけではなかった。「ありえませんよ。事情は説明しましたよね？　発送前に中身をすり替えるチャンスなんてありませんでしたよ」

発送時を振り返る。梱包を一度解いた時にちゃんと本物のテープが入っていたのを、僕もミノも確認している。そしてその後はずっと僕が傍《そば》についていたのだ。

「何か他の可能性はないんですか？」また声が大きくなってしまい、近くにいた女性がぎょっとした顔で後ろに下がったのが見えた。僕は背中を丸めて電話機に声を吹き込む。「玉井さんの奥さんが嘘をついたっていうのはどうですか？　玉井さんに頼まれて」

「それはないだろうね。彼女は市立とは無関係の人間で、福本、仲宗根両名にも会ったことがない」

「でも、頼めば」

「玉井さんが犯人、またはその一人だったとして」興が乗ってきたらしく、伊神さんの声に楽しげな響きが交じり始めた。「見られてまずいものなら『自分宛てに荷物が届くから開封しないように』と言っておけばいいし、自分が受け取れる時間に配達させてもいい。そもそも犯行がばれて、誰かが奥さんに話を聞きにいくことまで玉井さんが想定していたとでもいうの？そのわずかな可能性のために、奥さんにすり替えのことを話し、嘘をつくよう頼んで、わざわざ秘密を共有するリスクを冒したとでも？」

「……確かに」ずらずら言われたので整理するのに時間がかかったが、言われてみればその通りである。「でも、それじゃどうしようもないじゃないですか」

発送前にすり替える時間がなく、到着後にもなかった。だとすると箱の中のテープが輸送中にくるりと入れ替わってしまったことになる。証拠収集どころの話ではない。それでは怪奇現象ではないか。

「ほら、面白いでしょ」伊神さんは満足げに言う。「君が持ち込んでくる事件だからそう簡単に解決しないとは思ってたんだけど、予想が当たったね」

「そんな予想をしてたんですか」あまり変な期待をされても困る。

「まあ、そういうわけだから、玉井さん本人の帰宅を待たずに帰ってきたんだよ。発送時の話を詳しく聞きたいから、そっちに行くよ」

「えっ、今からですか？　っていうか行くってどこに」腕時計を見ると、もう六時前になっていた。「学校ももう閉まってますし、僕ももう帰らないと」

「話を聞くだけだから学校である必要はないでしょ。もう向かってるから一時間半で着くよ」

伊神さんはもはや問答無用という雰囲気になってしまっている。僕は困った。「いえ、あの、僕はその時間、夕飯を」

「そんなものは」

「いえ今日、母さんが夜勤だから妹に夕飯作らないと」

「それならその前でいいから」

せめて「後」と言えないのかこの人は。

5

「……なるほどね。箱にテープを詰めたのは誰」

「三つ目は僕ですけど、あとの二つは辻さんが入れて、最後ミノが詰め込んでいました」

「箱とか送り状は誰が持ってきたの？」

「ミノだそうです。……伊神さん、獅子唐《ししとう》以外もちゃんと揚がってるので」

「行く店を決めたのは？」

「お兄ちゃん、いつもはこんなに作らないよね」

「亜理紗はホタテ以外も食べなさい。……結局、僕が見つけました。しばらく道に迷ってたんです」

帰って夕飯を作らないと、と僕が言っているのに、伊神さんは発送時の話を聞かせろと言って退《ひ》かず、試しに「じゃあうちで夕飯食べますか」と言ってみたら本当に来た。僕の家には祖父母以外めったに来客がないから、お客様用の椅子が埋まっているとそれだけでそわそわするというか、非日常の雰囲気になる。しかもその客が伊神さんとなると尚更で、いつもの食卓にいつもの食器が並んでいるのに、自宅のダイニングにいるという気がしなかった。気合いが入りすぎていつもより一品多く作った上にいつもはやらないホタテの天ぷらをやった僕を妹は面白がっているが、自分だって伊神さんが来ると聞いた途端、自分の部屋の散らかっているものを押入れに詰め込み始めた上、どう見てもよそ行きの服に着替えて出てきた。お互い様である。

「最初の梱包から発送まで、君が箱から目を離したのは最長でどのくらい?」

「積み込む前と、レジに持っていく時に少し。どっちも一分以内です。あ、伊神さんドレッシングもう少しかけますか?　いいですか?」

「とすると五十秒……もちろんそこまで空くかどうかはあらかじめ分からなかったわけだから、計画に組み込めるのは三十秒といったところかな」

自分の作ったものを初めて食べる人の反応は怖い。嫌いなものばかりじゃないか味付けが好みに合っているかと気を揉む僕をよそに、伊神さんの方はもっぱら話にしか興味がないらしく味についてのコメントは全くしてくれなかった。まあ、発送時の話を聞いている間ですら箸《はし》は動いていたから、食べる気がないということでもないようだが。

「さっきの話だけど」妹が僕をつつく。「箱、一回開けたんでしょ？　その時に中身をすり替えたんじゃないの？」

「無理だよ。僕もミノもずっと見てたんだ」

「じゃあ、お店に出す時は？」

「時間がないよ。レジに出す時は僕とミノが一箱ずつ運んで、僕はすぐ車に戻った。目を離したのはせいぜい五十秒くらいなんだ。それと亜理紗、ホタテ全部食べるな」

妹は無視して最後のホタテに箸を伸ばす。それを見て僕は、お客様が来る時ぐらいおかずは一人分ずつ別々に盛り付けるべきだったと後悔した。めかしこんでいるから今日はこいつも上品な食べ方をするだろうと思っていたが、妹が上品に見せているのは表情だけで、食欲と食べ方はいつも通りだった。もっとも、伊神さんの方もさっきから獅子唐と蓮根《れんこん》ばかり食べているから、これはこれでうまくいっているのかもしれない。

伊神さんは最後の蓮根に箸を伸ばしながら言う。「箱を開けて中身を取り出し、どこかに用意してあった贋物を持ってきて詰め替え、本物をどこかに隠して、また箱を閉じる。……五十秒では済まないね。贋物の入っていた箱の状態はまだ見てないけど、たぶん二分程度はかかる」

現実にはあの箱はミノが芸術的に詰め込んでいた。あれを再現するとなるともっとかかるかもしれない。

僕は誰も手をつけない南瓜《かぼちゃ》をつまんだ。「今、妹に言われて気付いたんですけど、福本さんが最初から車の中に中身を詰めた贋の箱を用意しておいたっていうのはどうですか？　僕とミノが店に入っている間に箱ごとすり替えるのなら間に合いますね」

「福本さんの小さな車の中に贋の箱なんてものが置いてあったの？」

「ありませんでした。……じゃ、あらかじめ店の近くに箱を用意しておいて」

「行く店を見つけたのは君じゃなかったの。しかも、箱を持ってきたのは三野君でしょ」それまでご飯に全く手をつけていなかった伊神さんは、浅漬けだけでご飯を食べ始めた。「無理だよ」

「……そうですね」

　考えてみたら、四十本のテープを入れた箱を数秒で取りにいける場所に用意しておいたのだとしたら、僕たちに見つかる可能性が大きすぎる。

　伊神さんは呆れ顔でお茶をすする。伊神さんの湯飲みが空になると、妹がさっと立ち上がり、お茶のお代わりを注いでからなぜか伊神さんに微笑《ほほえ》みかけた。そこで恰好をつけるなら食べ方の方をもっと上品にすればいいのに。

　炒め煮の皿から豆腐ばかりを選んで小皿に取る妹と、小松菜ばかり選んで小皿に取る伊神さんの妙な連携を横目で見つつ、僕は考える。玉井さんは箱をそのまま返送してきたし、返ってきた箱は確かに辻さんの字で「文化祭ＬＩＶＥ　93年～07年」と書かれたあの箱だった。となれば当然、犯人は玉井さんが受け取る前にあの箱の中身をすり替えていなくてはならない。つまりどこかであの箱を開け、中身を出して贋テープを詰め直さなくてはならないはずなのだ。

だが車に積み込む前に中身は確認した。レジに出す際も中身を詰め替える時間はなかった。

おかしい。どう考えても辻褄《つじつま》が合わない。まさか本当に怪奇現象だろうか。

唸っていると妹につつかれた。「最後のアジもらっていい？」

「うん」つゆにつけてから訊くな。

味噌汁をすすりながら考える。発送時に詰め直す時間がないなら、発送後ではないか。

顔を上げると、伊神さんはさっさとご飯を平らげていた。

「伊神さん、一つ思いついたんですけど……あ、ご飯お代わりどうですか？」

「思いつきの方が先」

「……ええと、ちょっと気になったんですが」立ち上がりかけた僕が座り直すと、妹が普段決して見せない甲斐甲斐《かいがい》しさで立ち上がり、伊神さんから茶碗を受け取る。

「宅急便なんですけど」

「ゆうパックでしょ。……いや、少なめでいいよ」

「ゆうパックなんですけど、あれって発送後にキャンセルできますよね？　っていうことは発送した後、一度キャンセルして取り戻して、中身を入れ替えてまた送ればいいんじゃないですか？　三箱ともキャンセルしてもいいし、一箱だけキャンセルしても、すぐに送れば他の二箱と一緒に届きますよね」

伊神さんはちょっと考えた様子で視線を外し、なぜか漬物をつまんでから応じた。「ゆうパックのキャンセルには何が要ると思う？」

「それは……」やったことがないので知らない。『クロネコヤマトの宅急便』なら、キャンセルは問い合わせ番号だけでできる。でも、ゆうパックは違う。キャンセルには送り状控えと本人確認が必要で、問い合わせ番号だけでできるのはせいぜい配達日の変更ぐらいなんだよ。……あ、ありがとう」

伊神さんは妹から茶碗を受け取って、無表情のままま浅漬けだけでご飯を食べ始めた。「キャンセルにいちいち本人確認が要るというのは不便である反面、問い合わせ番号しか知らない人間が荷物を横取りする危険がないともいえる。まあ、民間企業たるヤマト運輸は利便性を、郵便局から始まった日本郵便は安全性を重視したってことなんだろうね」

そんなことをいつ知ったのか、伊神さんはあっさりとそう言ってご飯を口に運ぶ。

「……よく知ってますね」

「たまたま知ってただけだよ」伊神さんは浅漬けの最後の一切れに箸を伸ばした。「おそらく、犯人も知らないだろうね。知っていたなら宅急便を使うように持っていけば済むんだし」

「なるほど」伊神さんがどういう理由で「たまたま知ってた」のかは不明である。「でも、だとすると発送後に取り戻すこともできないってことになりますよね。それじゃもう方法がないように思えますけど」

「それはちょっと諦《あきら》めがよすぎるよ。まだいくつか考えられる」

僕にはもう行き止まりとしか思えないのに、この人は平然とそう言う。やはり頭の作りが僕とは違うのだろう。

伊神さんは食後にお茶で一服し、三十分ほど喋ってから腰を上げた。「ごちそうさま。さて、そろそろおいとましましょうか。一晩ゆっくり考えてみたいしね」

僕を押しのけて伊神さんを玄関まで送り、さっと靴を揃える妹を小突きつつ、上がり框《がまち》から伊神さんに言う。「すいません。こいつが魚介類みんな食べちゃって。お客さんがぐえ」

妹に肘打ちを返された僕を見て、伊神さんは可笑《おか》しそうに笑った。「いや、おいしかったよ。一人暮らしじゃああいう献立はやらないから、ありがたかった」

「いえ、そんな」まともに言われたので、照れ隠しについ余計なことを言ってしまう。「……そんな言うなら、時々作りに行ってあげてもいいですけど」

要らないと言われるかと思ったが、伊神さんは微笑んだ。「ありがたいね。ついでに事件の一つも持ってきてくれるともっとありがたい」

「そこまでは保証しません」

6

結局のところ、僕も伊神さんと同じ性質を持っているようだ。箱の中身がいつの間にか入れ替わっていた、という怪奇現象は一夜明けても頭を離れず、時折ぼうっとしてしまうことがあった。とりあえず、テスト中でなくて幸運だったといえる。この日の休み時間はミノも交え、教室ではあまり話したことがなかった辻さんとも珍しくいろいろ話した。発送時の怪奇現象について知らなかった辻さんは、もともと乗り気だったところますます好奇心を刺激された様子だったが、興奮した時の彼女の特徴なのか説明の仕方がやたらと断片的でかつ錯綜しているので、彼女から事情を聞こうとしたミノは混乱し、最後には「ああ頭痛え」と訴えて机に突っ伏した。後でちゃんと説明してやろうと思う。

放課後、辻さんと一緒に放送室に向かったのだが、鍵穴に鍵を入れて回した彼女は、戸が開かないことに気付いて「あれっ」と漏らした。

鍵を入れて回したのに戸が開かないということは、鍵は最初は開いていたということである。しかし放送室の鍵を借り出せるのは映研部員か放送委員だけで、しかも僕と辻さんが鍵を借りに事務室に行った時、鍵は所定の位置にちゃんとあった。だとすれば、まず考えられる可能性は映研部員や放送委員の誰かが開けっ放しで鍵を返したか、誰かが鍵を使わずに戸を開けたかである。

僕は戸をノックし、部屋の中に向かって声をかけた。放送室を開けっ放しにする映研部員や放送委員は見たことがないが、ピッキングを駆使して勝手にあちこち入る人は知っているのだ。

「伊神さん、いるんですね？」

戸のむこう側からかたりと音がした。僕は辻さんの肩越しに手を伸ばして戸を開け、さっさと中に踏み込んだ。「伊神さん、これじゃ不法侵入ですよ」

「ん。まあね」伊神さんは適当に答え、机に置かれた問題の箱をあさっている。以前、学校に来た時も着ていたスーツ姿だが、さすがに暑かったとみえてジャケットを脱ぎ、シャツの袖をまくってネクタイも緩めている。いつも疑問に思うのだが、この人は毎回ちゃんと学校に入る許可をとっているのだろうか。

伊神さんは、僕の後ろで口を開けて素直に驚いている辻さんに声をかけた。「事情は聞いたよ。辻君、とりあえず送り状控えを見せてもらいたいんだけど」

辻さんは伊神さんが侵入していたこと自体に驚いている様子でぽかんとしていたが、しばらくしてから慌てて財布を探り、送り状控えを三枚とも渡した。

伊神さんはふうん、と鼻を鳴らして頷く。「この『辻霧絵』っていうのが君だね」

「うっ。……そうです」呼ばれた辻さんはなぜか顔をしかめ、それから決意の表情で伊神さんに告げた。「分かってます。これで明日からまた、あたしの渾名《あだな》『辻斬り』になるんですよね。もう慣れました」

そんなことは誰も言っていない。

「なるほどね。確かに辻君の筆跡だね」伊神さんは辻さんの溜め息を無視して送り状控えと箱に書かれた文字を見比べる。「あとレシートはある？」

辻さんは素直に財布を探るが、僕には引っかかった。「レシートが手がかりになるんですか？」

「一応、確認のためにね」

伊神さんは受け取ったレシートを一瞥し、頷いた。どうやら「一晩じっくり考え」て、だいたい結論が出てしまっているらしい。「辻君に質問だけど、福本さんがＤＶＤ化を提案した後、彼に何か訊かれなかった？　二人の時に」

辻さんは「えっ……」と漏らし、伊神さんを上から下まで観察して不審げな声で答える。

「そういえば、葉山君と三野君が何者なのか、もう一回訊かれましたけど……どうして分かるんですか？」

「勘だよ。そうかもしれないと思っただけ」

伊神さんはそれだけ言って踵《きびす》を返した。「じゃ、現場に行くよ」


発送したコンビニまでは徒歩で二十分といったところである。たいした距離ではないのだが、ジャケットを小脇に抱え外回り然とした恰好で歩く伊神さんはどうやら「考え中」であるらしく、道中ほとんど喋らなかったため、僕は話しかけようにも話しかけられず、なんとなく居心地が悪かった。もともと伊神さんとは歩幅が違うので、一緒に歩く時は時々早足にならないとついていけない。雲が出ている上に風があり、それほど暑くない日だったが、伊神さんの歩調に合わせていたら、着く頃には汗をかいていた。

伊神さんは店の前に着くと、店の周囲をうろうろし、店にも入ったり出たりし、何かを確認しているようだった。雛鳥《ひなどり》じゃなし、ただ後にくっついてうろうろしていても仕方がないので、僕は店の外で、発送時のことを思い出しながら考えていた。

伊神さんが送り状控えを見た以上、やはり犯人は発送後に何らかの手を使って中身をすり替えたのだろう。だが、送り状控えを見て何か分かることがあるのだろうか。

……いや、もしかしたら。

何度目かに店の自動ドアを開けて出てきた伊神さんを呼び止める。「伊神さん、あの」

「この店舗に集荷に来るのは一日一回。二十時頃だってさ」

「はあ」

伊神さんは僕の反応に構わず、店の中を振り返る。「あと、君の言う通りだね。レジは入ってすぐだから、レジに出す間にすり替える時間はやっぱりない」

「そうです。ええと、それで」思いついたことがあるのだが、どう切りだしたものか分からない。「一つ、考えたんですが」

すり替える方法が分かりました、と言うと、伊神さんは、おや、という顔になって立ち止まり、傍らの街路樹に手をついて聞く態勢になった。

「昨日から考えていたんですが」噛むと嫌なので、ちょっと咳払いをして喋る準備をする。「どうしても解けない矛盾点が一つありました。つまり、犯人が箱の中身を詰め替えたのは間違いないはずなのに、発送時、詰め替える時間はなかった、という点です」

伊神さんの表情にはまだ何も浮かんでおらず、正解か不正解かは分からない。

「それなら、やっぱり発送後じゃないでしょうか？　犯人には発送後、送った荷物に接触する機会があって、その時に詰め替えたのだとしたら」

伊神さんの顔に、楽しげな色が浮かんだ。「キャンセルはできないはずだけど？」

「はい」頷く。そこは昨夜、教えてもらった。「その必要はなかったんです。それどころか犯人は何もする必要がなかった。ただ待っているだけで、日本郵便が自分のところに箱を運んできてくれるんですから」

伊神さんの目を見る。「……つまり、僕たちが最初に聞いた玉井さんの住所は嘘だったんです。あれは福本さんか、福本さんの仲間……仲宗根さんの住所だったんじゃないですか？」

辻さんに玉井さんの住所を教えたのは他でもない福本さんだったはずだ。だとすれば辻さんが送り状に書いた住所が、実は福本さんたちの仲間の住所だとしたらどうだろうか。

「だとすれば簡単です。福本さんは荷物を受け取ってから悠々と中身を詰め替えて、辻さん名義の送り状を自分で書いて、何食わぬ顔で玉井さんに届ければいい」僕が伊神さんに言った住所は、玉井さんから返送されてきた箱の送り状を見たものだから、正しかった。そう考えれば矛盾はない。「……だから伊神さん、さっき辻さんに送り状を借りたんですよね？」

「別に、そういう理由で借りたんじゃないんだよね」伊神さんは困ったような顔になったが、財布を探り、辻さんから借りた送り状控えを僕に渡した。

「玉井さんの奥さんにも確認してきたけど……」伊神さんは、どこから説明しようか、という顔で、視線を斜め上にやった。「荷物はちゃんと、送った次の日に届いたんだよね？」

そういえば、辻さんはそう言っていた。「そうか……」

「うん。君の今言った方法をとったなら、荷物の到着は早くて翌々日でしょ。それに、そもそも辻君に間違った住所を言ったまま放置しておいてバレないと思う？　発送後も玉井さんとのつきあいがしばらく続くはずなのに」

確かにそうだ。そしてもしバレてしまった場合、犯人は住所付きで明らかになってしまう。

「まあ、トリックについては後で説明してあげるよ」伊神さんは頭を抱える僕の肩をぽん、と叩き、簡単に言った。「それと、遅くても六日後までにはテープは返ってくるだろうし」

「え？　返ってくる、って」

「言葉の通りだよ。無傷で返ってくるから心配しなくていい」

「……そうなんですか」

それでは万事解決ということになってしまう。だが、本当だろうか？　あまりにあっさりと言われたので実感が湧かない。

一体この人の頭の中はどうなっているのだ。思わず伊神さんの目を覗き込んでしまうが、それで脳味噌の中が覗けるというわけでもない。僕は呆然とするだけだった。

7

忘れていたことだが、伊神さんは人使いが荒い。コンビニ行くならついでに食パン買ってきて、という調子で重労働を指示したりするから油断ならない。

伊神さんが宣言してから六日。夏休みに入ったばかりではあるが、補講期間でもあるため校舎本館はまだ開いているこの日、僕は玉井さんの家からVHSテープの詰まった箱を持ってくる、という役目を仰《おお》せつかり、炎天下、二時間以上かけて重さ約九キロの箱をえんえんと運んだ。玉井さん宅は東京の都心を横断したさらに先である。ちょっと行ってくる、というような距離ではないのだが、朝、僕の携帯に電話をしてきた伊神さんは、玉井さん宅まで「ちょっとお使いに」行ってくるよう一方的に指示して電話を切ったのだ。

僕はおとなしく指示に従ったのだが、これが予想以上に大変だった。玉井さん宅を出てから最寄り駅に辿り着くまでの十数分ですでに僕は、東京の夏がいかに暑く粘つくものであるかを思い知らされ、汗だくになっていた。こういう日に限って天気は快晴で、気温は狂気じみて高く、街は時が止まったかのような無風状態である。シャツは吸湿力の限界を超えて背中に張りつくし、抱えた箱は腕を伝わる汗でしっとりしてくる。学校に着く頃には、僕はとっくに汗をぬぐうのを諦めていた。

重労働をしている人間は独り言が多くなる。やっとのことで本館に着き、上履きに履き替えた僕は、あともう少しだ、という意識も手伝って妙に元気になり、階段を一階分上るたびに「二階到達！」「三階到達！」と言っていた。四階到達時に「四階到達！」と叫んだら、すぐ近くにいた男子に変な目で見られた。恥ずかしさのあまり大急ぎで放送室に駆け寄り、足で戸を開ける。「お荷物です」

机に置かれた「贋テープの箱」を挟んで立っていた伊神さんと辻さんの二人が、同時にこちらを振り向いた。伊神さんが辻さんに言う。「返ってきたよ」

辻さんが机を回り込み、突進してきた。「葉山君それ中身は？　なくなったテープ本当に返ってきたの？　どうやって？　誰から何て言って」

「辻君とりあえず落ち着こうね」伊神さんが動物をなだめるようにして彼女を座らせる。

僕が玉井さん宅からえんえん運んできたのは、なくなったはずの「本物のテープ」の入った箱である。玉井さんは伊神さんからすでに事情を聞いていたらしく、箱はすんなり引き渡してくれた。玉井さん宅で受け取った箱をよく見たら僕にも犯人の用いたトリックが予想できたので、伊神さんに電話をしてそれを確かめようと思ったのだが、伊神さんはどこにかけているのかずっと話し中だった。

返送されてきた箱――つまり辻さんの「文化祭LIVE　93年~07年」という文字が書かれた箱の隣に、今さっき持ってきた箱をどっかりと置いて蓋を開ける。受け取る時にも確認したが、確かに中身はなくなったライブビデオだった。そして、それは僕たちが発送時に梱包し、福本さんが車に載せる直前、開けた時のままの状態だった。辻さんは、信じられない、という顔で腰を浮かせ、箱の中を見ている。

「物も揃ったし、手短に説明しようか」伊神さんが口を開いた。

辻さんが授業でも始まるかのように座り直し、胸ポケットからメモ帳とボールペンを出した。伊神さんはそれを見て何か言いかけたが、そのまま話し始めた。

「一番問題になったのが、犯人は箱の中身をいつ、どうやって贋のテープにすり替えたか、ということだよね。車に積み込む直前に三人で中身を確かめてもいるし、発送時に葉山君が目を離したのはせいぜい五十秒で、箱を開け、どこかに用意していた贋物を取ってきて詰め替え、本物のテープをどこかに隠してからまた梱包する時間はない。実験してみたけどね。二分は絶対にかかる」伊神さんは本物のテープの入った箱を指先でとんとんと叩く。「だからまず、そこを説明する」

伊神さんは僕と辻さんに言い、二つの箱の中身をすべて出させた。「テープをすり替えた『犯人』の行動を順を追って説明するよ。まず、最初は梱包する前だから、この状態」

机の上には空の箱二つと、本物のテープ四十本、贋物のテープ四十本が積まれている。

「重要なのは、箱が二つあったということ」伊神さんは二つの箱に手を置いた。「とりあえず、辻君のところに返送されてきた『偽物が入っていた箱』を×《バツ》、葉山君が今持ってきた、『本物が入っていた箱』を○《マル》とする」

僕たちが頷くと、伊神さんは本物の方のテープを取り、○の箱に詰め始めた。

「まず犯人は、放送室に置いてあった本物のテープを○の箱に詰める。この時点では辻君も傍にいたからおかしな動きはできないけど、これはただ普通に梱包しているだけだからね」

伊神さんは手早く○の箱に本物のテープを詰め終えた。練習でもしてきたのか、ミノがやったように隙間なく収まっている。机の上のガムテープを取って蓋を閉じ、それから僕たちを見回す。

「で、ここが最初のポイント。犯人は○の箱を梱包した後、辻君が送り状を書いている隙に」

伊神さんは○の箱を持ち上げ、今はまだ何も入れていない×の箱の中に、箱ごとすとんと入れてしまった。「こうやって、○の箱を丸ごと×の箱の中に入れてしまう。つまり、この時点で問題の箱は二重になっていた」

やはり予想した通りだ。僕は心の中で頷いたが、辻さんはまだ頭の中で状況を整理しているらしく、箱を凝視している。

「で、×の箱も梱包してしまう」伊神さんは×の箱もガムテープで閉じた。確かにこうすると、外から見ただけでは箱が二重になっていることには気付かない。

「辻君はこの状態で、外側になった×の箱に『文化際ＬＩＶＥ　93年〜07年』と書いた」伊神さんは二重に梱包した箱をぽん、と掌で叩き、今度は机に置いてあったカッターナイフを取った。

「で、この箱はこういうふうに」伊神さんは箱上面の縁に沿って、蓋を閉じているガムテープをカッターナイフで切断した。ＮＨＫ教育の工作番組のごとく、口で解説しながらも手は淀みなく動いている。「手だけで蓋を開けられるように、貼ったガムテープを切っておく」

伊神さんの手元を凝視している辻さんの方もなんだか、教育番組を夢中になって見る幼児のように見えてきた。口を開けているせいだろうか。

「で、この箱を二重にしたまま運び出す。犯人は葉山君と二人で箱を運んだけど、葉山君の話によれば、階段のところで葉山君を先に行かせて数十秒、一人になっている。その間にこうして」伊神さんは箱に貼られたガムテープを指で裂き、蓋を開けると、抱え上げて逆さまにし、中に入っている○の箱を出した。「○の箱を出し、用意しておいた送り状を出した○の箱に貼り、それから蓋には辻君の書いた字を真似して書く。これで○の箱の外見は×の箱にそっくりになったわけだ。それから空になった×の箱を、近くの教室なり、廊下の掃除用具入れの陰なり、階段から見えないところに隠す。これだけなら三十秒もあればできる」

伊神さんはズボンのポケットからマジックを出し、○の箱を元通りひっくり返して上面に書いてある字をなぞった。空になった×の箱はさっさと机の下に隠してしまっている。

「そして何食わぬ顔で○の箱を持っていき、車に積み込む。この時点で犯人は、後に辻君のもとに返送されてくることになる×の箱を入手できた」

伊神さんはさっき外した×の箱をまた引っぱり出し、机に置いた。

「あとは簡単だよ。本物のテープが入った○の箱はそのまま発送してしまう。その後で、犯人は手に入れた×の箱に贋テープを詰め、同じ店舗から辻君の名義で発送する。結果、葉山君たちの手で発送された、○の箱を含む三箱の他に、犯人が後から発送した×の箱が……つまり合計四箱が、玉井さんに向けて発送されることになる」

発送した店舗に集荷に来るのは二十時頃だった。犯人はあらかじめ周辺の店舗すべての集荷時刻を調べておいたのかもしれないが、もともとコンビニには一日一、二回しか集荷に来ない。贋物を用意する時間は充分あったはずだった。

「そして、本物の入った○の箱は問い合わせ番号を控えておいて、届ける日時を遅らせてもらう。配達日時の変更だけなら問い合わせ番号だけでできるからね。……すると、玉井さんのもとにはまず最初に、連絡した通り、三箱が届くことになる。今回、問題にならなかった他の二箱と、犯人が後から送った、贋物入りの×の箱の三箱がね」

僕が頷くと、伊神さんは辻さんに視線をやった。辻さんは口を開けたままである。

「もちろん、このまま放っておけば○の箱……つまり『四箱目』も玉井さんのところに届いてしまう。でも、ゆうパックは配達日時を十日後まで指定できるから、届いてしまってはまずい、本物のテープの入った○の箱は十日間、届くのを遅らせることができる。その間に玉井さんには『個人的にもう一箱頼みたくなったから送った』と説明すればいい。そして後から『やっぱり頼むのはやめたから回収する』と言って、○の箱を回収する。これで○の箱を手に入れることができるというわけだね」

そして犯人はまさに今日、玉井さんのところに届く○の箱を回収するつもりだった。僕が玉井さんから受け取り、汗だくになってここまで運んできたのがそれである。伊神さんは玉井さんに電話して事情を話し、四箱目が来たらまず自分に連絡してほしいということと、その箱について他から問い合わせが来たら「まだ到着していない」と言ってごまかしておいてほしい、ということを頼んでいた。

「……なるほど。分かりました」辻さんは二つの箱を見比べて頷く。

しかしすぐに「あれっ？」と言い、伊神さんに食ってかかるように詰め寄った。「あの、どういうことですか？　つまり、それって、犯人は」

「三野君だよ。誰だと思ってたの」伊神さんはさりげなく辻さんを押しとどめつつ答える。「このトリックのためには、○×二つの箱の外見が同じで、○の箱が×の箱の中にちょうど入る大きさでなければならない。可能なのは箱を持ってきた三野君だけでしょ」

唖然《あぜん》とする辻さんを見ながら、僕もこっそりと反省する。僕だって今日まで、犯人は福本さんだと思っていたのだ。しかし考えてみれば、もし福本さんが犯人なら「玉井のところまで車で持っていってやる」と言えば簡単にテープを回収できたのだから、こんな回りくどいことをするはずがないのである。

そして、ミノが犯人だと明らかになってみると、思い当たることがあるのだった。ミノが演劇部のテープを一緒に、と頼んだのは、自分が発送作業を手伝う口実だったのだろう。箱に入れるテープを持参すれば、箱詰めの作業も自然に手伝うことができる。

ミノが変な口調で福本さんに頼み込んでいる時、僕は違和感を覚えなくもなかったのだ。DVD化には一本につき二時間かかる。十本も頼んだら二十時間になってしまう。普段のミノは「ついでに」などという軽い調子で、部費を浮かせるためだけにそんなことを頼むほど図々しくはない。

「最初からそうだろうとは思ってたけどね。これを見て確信した」伊神さんはポケットを探り、辻さんから借りた送り状控えとレシートを出してみせた。「宅急便にもあるけど、ゆうパックには、一度に複数の荷物を送ると割引になる『複数口割引』がある。話によれば、三野君はゆうパックの持込割引を知っていたのに、複数口割引の方は使わなかった。複数口割引用の送り状を使わなかっただけかもしれないと思ったけど、レシートにも割引の記載はなかったしね」

複数口割引を使ってしまうと、荷物のうち一つだけ配達日時を遅らせることはできなくなってしまう。ミノが送り状を持参した理由もそれだろう。辻さんに任せて、複数口割引専用の送り状を持ってこられてしまったら、このトリックが使えない。

そう。思い返してみれば、伊神さんは最初からミノが犯人だと疑っていたようなのだ。僕が最初に電話した時点で伊神さんは「犯人は明らか」と言っていたし、武蔵さんに話を聞く役ならミノに任せていいはずなのに、そうしなかった。しかし。

「伊神さん、どうしてミノだと思ったんですか？　最初に電話した時はまだ、発送した時の状況だって話してなかったのに」

「消去法だよ。事件に関わったのは君と辻君、それに三野君と福本さんの四人。君が犯人なら僕に話を持ってくるはずがないし、映研で放送委員の辻君ならこんな方法をとらなくても、いつでもテープをすり替えられる」肝心のところはもう説明した、ということなのか、伊神さんはリラックスした様子で後ろの本棚にもたれかかる。「そして、すり替えられた贋テープには十分くらいしか映像が入っていなかったんでしょ。あれじゃ、後で誰かがテープをチェックした時、ちょっと早送りすればすぐに贋物だと分かってしまうのにね」

もたれかかった途端に本棚の上から落ちてきた本を空中でキャッチして棚に戻しつつ、伊神さんは淀みなく続ける。「だから、犯人は贋テープをきちんと準備する時間がなかった人間だろうと思ったんだよ。なにしろ犯人は計画を立てて、贋テープの素材を手に入れて、それを三十本分ダビングしなければならない。ダビングを一本二時間と計算したら六十時間かかっちゃうことになるでしょ。デッキが複数あったとしても、準備は一日二日じゃ終わらない」

「福本さんが犯人なら、贋テープを作ってからDVD化を持ち出せばいいわけですね」

「そう。それにS‐VHSのテープは今では入手困難だけど、通販でなら場所によっては扱っている。映研のOBである福本さんならS‐VHSを用意しようとするはずなのに、犯人はそうしていなかった。このことだって、犯人がS‐VHSのテープを揃える暇がなかったからだ、と考えれば腑に落ちるしね」

確かにそうだ。それに考えてみれば、特定のバンドの映像一つを消すために、映研のライブビデオを四十本も道連れにするというのはあまりにひどい。福本さんが犯人ならそれこそ玉井さんに協力を求めるなり何なり、別の方法がいくらでもあったはずだ。

「三野君のお兄さんが電話番号を教えてくれたから、どういう事情があったのか、仲宗根さんに訊いておいたよ」

どうやって訊き出したのかについては、僕は知らない。伊神さんはああ言うが、正確には「仲宗根さんに吐かせた」だろうと想像がついた。

「仲宗根さんは来月に、結婚式を控えている」

「はあ」それがどう関係するのか、と、辻さんが首をかしげた。

「ところが、どうやら誰かが披露宴の二次会で、昔のバンドの映像を流そうと画策している、という話を友人から聞いてしまった。彼にとっては高校時代のあの映像は『なかったことにしたい』過去で、まして二次会の会場で流されるなんてとんでもないことだった。だから自分の手でテープをこっそり破棄してしまおうと思った。仲宗根さんたちバンドのメンバーはある事情から、問題の映像は放送室にあるオリジナル一本だけだと知っていたからね」

伊神さんは辻さんを見る。「ところが辻君は、『テープは貸し出せないから、ダビングする』

と言った。それでは駄目だし、何よりダビングなんかされた日には、辻君にもろにあの映像を見られてしまう。それで慌てて断った」

辻さんは眉をひそめる。「あたしが見るのも駄目なほど、まずいんですか？」

「披露宴の日は近付くし、映像を流そうとしているのが誰なのかも分からない。しかし、それまで全く放送室に来なかった自分が何度も出入りしては怪しまれる。そこで、困った仲宗根さんはつてを探した。大学のつながりで顔見知りである三野武蔵さんに頼んで、現役生である弟を紹介してもらった」

武蔵さんが仲宗根さんたちを知っていたと分かった時、僕はそれをただの幸運だと思っていた。実際は違ったのだろう。ミノが犯人で、過去の映像が焦点になっている以上、卒業生で兄である武蔵さんは仲宗根さんらとの間に何かしらのつながりがあるかもしれないと、伊神さんは初めから予想していたのだ。

「仲宗根さんは三野君に依頼した。自分の披露宴の二次会で二〇〇〇年のライブビデオを流そうとしているやつがいるのだが、流されては困る。そいつが映像を手に入れる前にテープを抹消することはできないか、と」

僕は武蔵さんと会った時のことを思い出していた。武蔵さんはおそらく、ミノを紹介してもらったことは秘密で、と仲宗根さんに頼まれていたのだろう。口ごもったのはそのせいだ。

「仲宗根さんに依頼された三野君は応じたものの、いざ放送室に行ってみると、二〇〇〇年に在籍していた福本なる人が出現し、問題のテープをＤＶＤ化する、と不自然な提案をしていた。

それを聞いて三野君は、『映像を流そうとしているやつ』とは福本さんのことなのだ、と思った。三野君は困った。DVD化されてしまえば、その時点で福本さんの手に映像が渡ってしまう。それをなんとか阻止しなくてはならなかった」

つまり、映像を流されたくない仲宗根・ミノ組と、流したい福本さんの間でテープの取りあいになっていた、ということになる。

僕は箱の中のテープを見た。「……それなら、普通に福本さんに頼むのは駄目だったんですか？『流してほしくないからやめてくれ』って」

「それでは無理そうだと思ったんだろうね。現に福本さんは『車で取りにきてやる』とまで言ってテープを確保をしようとしている。福本さんがそこまで本気だとすると、仲宗根・三野組には『ああ、いいよ。流すのをやめよう』と言っておいて、当日サプライズで流してくる可能性も否定しきれない」

そう言われると、僕はますます映像の内容が気になってきた。福本さんがそこまで流したがり、仲宗根さんがそこまで流されたくなかった映像とは一体何だろうか。箱の中のビデオテープはつるりと黒光りしつつ沈黙している。

「そういう状況だから、三野君は『すり替えるしかない』と考えたんだろう」伊神さんは両手を広げる。「だが状況は極めて厳しかった。発送は明後日。しかも福本さんは三野君のことを疑っている。部員でもない三野武蔵の弟が都合よく放送室にいて、しかも発送に反対するような態度をとっているんだから、当然だね」

福本さんはＤＶＤ化を提案した日、二人になった時に辻さんに僕たちの素性を尋ねていた。僕が福本さんに対してミノを「演劇部の三野小次郎」だと紹介したからだ。姓が「三野」で名が「小次郎」とくれば、彼が「三野武蔵」の弟であることは明らかである。

「おそらく最初は普通にテープをすり替えるだけのつもりだった三野君は、福本さんが『車で取りにきてやる』と言いだしたのでさらに焦った。つまり、自分が発送時に何か細工をしていないか、発送前にチェックするつもりなのだろう、とね」

その厳しい状況でなお、テープをすり替えられる方法を考えた、というわけだ。

実際に発送時、福本さんは問題のテープをケースから出すことまでして確かめていた。辻さんがちゃんと発送したかどうかを確かめるだけなら、ケースから出す必要まではないはずである。

「……その映像って何なんですか？」辻さんが、我慢できない、という顔で訊く。「当時バンド組んでたなら、仲宗根さんと一緒に福本さんも映ってるんですよね？　なのに仲宗根さんはそこまでして流されたくなくて、福本さんはそこまでして流したい、っていう映像って……」

「ん。……まあね」伊神さんはなぜかそこで、少し言いにくそうに肩をすくめた。「ある映像を『恥だ』ととらえるか、『いい思い出だ』ととらえるかは人それぞれだからね」

辻さんが身を翻して箱に手を伸ばした。「観ましょう。観ればすべて明らかになります」

二〇〇〇年のライブビデオを見つけて取り出した辻さんに、伊神さんが後ろから声をかける。

「玉井さんによれば入っているのは③だそうだけど、観ない方がいいと思うよ」

「どうしてですか?」辻さんは険しい表情になる。「すべての発端はこのテープです。真実をこのまま闇に葬れ、と?」

「別にそういうわけじゃないけど、闇に葬った方がいいと思うよ」

「それは民主国家にあってはならないことです」

文化祭のライブビデオに民主国家も何もなかろうが、辻さんは気合い満点でデッキにテープを入れる。それを見て伊神さんは、やれやれ、と肩を落とした。「せめて画面から離れなよ」

モニターに、照明効果で派手に演出された体育館のステージが映る。問題のバンドはテープの最初に入っていたようで、再生するとすぐに「ブーメラン・エフェクト」のテロップが出た。体育館のざわめきがモニターから流れる。客の数はかなり多く、十数人の生徒は舞台前に張りついている。

マイクを通して司会の人の声がした。――さあ盛り上がってまいりました。続いては、『ブーメラン・エフェクト』のみなさんです!

途端に画面が騒がしくなった。どうやら女子が悲鳴をあげたらしい。

モニターに張りつく辻さんの横から画面を覗いて、僕は納得した。「ブーメラン・エフェクト」のメンバーは全員、競泳用のブーメランパンツ一丁だった。

女子の悲鳴と男子の笑い声が交錯する中、バンドは演奏を始めた。のっけから最高潮に激しい曲である。ヴォーカルの人は水球部か何かなのか、やたらと筋肉があり、腹筋が割れていた。そしてその隣で口を尖らせてギターを掻き鳴らしているのが、明らかに高校時代の福本さんだった。ということは、他の四人のうちのどれかが仲宗根さんだろう。

辻さんは画面を見たまま硬直している。どうやら二の句が継げない状態であるらしい。

僕はそこで疑問に思った。二〇〇〇年のライブで問題が起こったせいで、翌年は体育館ライブが禁止になったと聞いている。確かに馬鹿なバンドだが、ライブ禁止にするほどだろうか。

そう思った途端、モニターから「ぎゃあああ」という悲鳴が聞こえてきた。見ると、フロントマン三人がブーメランパンツを脱いで全裸になっていた。脱いでどうするのだと思ったら、全裸の三人は後ろの二人が出したブーメランを受け取り、それにパンツを絡めて客席に投げた。

悲鳴が一層大きくなる。

辻さんの動きが止まっている。僕は心配になって肩を叩いた。「あの、辻さん」

辻さんはゆっくりと振り向いた。目の焦点が合っていない。「葉山君、これ……」

「だから、観ない方がいいって言ったんだよ」反対側の壁際から伊神さんが言う。

辻さんは我に返った様子で、映像を振り返り、僕を振り返り、あたふたとし始めた。

「葉山君これ、モザイクを、映像をっ、お詫びのテロップと」

「辻さん、落ち着いて」

「あの形状で飛ぶわけないよね。空気抵抗が大きすぎる」

「伊神さん、それはどうでもいいです」

辻さんがパニックになっているので、なだめつつとにかくデッキのストップボタンを押す。

なんだか、溜め息が出た。

「……確かに、恥ですね」

しかし、普通これを「いい思い出」だから流そう、と思うだろうか。どうやら福本さんは相当変な人らしい。

「ただの恥ならいいけど、ライブ終了後、問題になった。結局、このバンドは活動禁止を言い渡されて解散し、映研もライブビデオのダビングを自粛《じしゅく》した。編集して、他のバンドの演奏はダビングしていたらしいんだけど……」

言いかけた伊神さんが振り返ると、入口の戸が開いた。開けたのはミノだった。そしてその後ろに、スーツ姿の二人。

「三野君、早かったね。いや遅かったのか」伊神さんは、突然の闖入者《ちんにゅうしゃ》に驚く様子もない。

「玉井さんからテープが届いたって連絡が来ねえから変だと思ってたら、仲宗根さんから電話があったんすよ」ミノがズカズカと入ってくる。福本さんともう一人が続く。もう一人の方はおそらく仲宗根さんだろう。「……観ちまったんすか？　葉山はともかく、辻さんまで」

ミノの言葉に、後ろの二人は同時に「げっ」と漏らした。頭を抱えてうずくまっている辻さんを見て福本さんは天を仰ぎ、仲宗根さんはうなだれた。

「遅かった……」

「強引に仕事抜けて来たのに……」

二人はそれぞれに嘆《なげ》いた。

僕はそれを見て不思議に思った。仲宗根さんはともかく、福本さんは映像を流そうとしていたのではなかったか。

「……福本さん、これ二次会で流すつもりだったんですよね？」

「ああん？」福本さんは顔を上げる。「んなわけないだろ。俺は阻止しようとしてたんだよ。仲宗根が三野君の弟に頼んでまで流そうとしてるから」

それを聞いた仲宗根さんが、福本さんと同じ声で「ああん？」と言った。「ちょっと待て。流そうとしてたのお前だろ？　俺はそれを阻止しようと」

「違《ちげ》えよ」

「俺も違えよ」

二人は立ち上がって左右対称に睨みあったまま固まった。

「……え？　何お前も阻止するつもりだったの？」

「お前も？……俺はてっきり、お前が流そうとしてると思って」

「じゃあ俺に言えよ。回りくどいことすんなよ」

「お前、言ってもやめねえだろうが。ていうかますます面白がるだろ」

「んなわけねえだろ。俺も忘れたいよあんなの。俺、必死だったんだぞ。二次会ってお前、長《なが》沢《さわ》さんとか茜《あかね》ちゃんも来るんだぞ。あんなの見られたら何言われるか分かんねえよ」

「俺の方がやばいよ。お前、俺は嫁に見られるんだぞ。変態だと思われたら即離婚騒ぎだよ」

「じゃ誰だよ流すって言ったの？　小田《おだ》っちか？　サモハンか？」

「ダビデだよ。絶対あいつだよ。あいつだけだよいい思い出だと思ってるの」

誰だそれは。

しかし、事情はこれで明らかになった。要するに二人とも、映像を流されまいとして無駄な努力をしていたのである。本当は同志だったのに。

どうやらすべてばれているらしいと知って肩を落としていたミノだが、後ろでわあわあ言いあう二人を見ているうちに馬鹿馬鹿しくなってきたらしい。肩をすくめて、頭を掻きながら辻さんに言った。「辻さん悪かったなあ。一応、問題のとこだけ消したらすぐ返すつもりだったんだけど」

辻さんは声をかけられても反応せず、「記憶、消したい……」などと呟いている。

僕は一応、ミノに確かめておくことにした。「業者に渡して修復してもらう、って言ってたのはそういうこと？」

「ああ。直った、つって返すつもりだったんだよ」ミノは頭を掻く。「全部済んだら玉井さんにも説明するし、仲宗根さんに金出してもらってＤＶＤ化してもらう、っていう約束だったんだが」

「なかなか面白かったよ。君らしい凝り方で」伊神さんはにこにこしている。「普通なら、問題のテープだけ梱包時にこっそり抜けないか、と考えるところだよ」

「別に凝ったわけじゃないっすよ。仲宗根さん、二〇〇〇年のテープが何本あるかとか、どれに問題の映像が入ってるかとか、何にも分からねえって言うから」

二〇〇〇年のテープを全部回収するとなれば、隙を見てこっそりと、とはいかないだろう。

ミノは机の上の箱に目をやる。「どうしようかって思ったんすけど、家にちょうどいい段ボール箱があったし、バンドやってる昔の友達から、そいつの高校の文化祭のライブビデオ借りられたんで。……いやあ、バレねえと思ったんだけどなあ」

「伊神さん、なんだか最初から気付いてたみたいだったよ。仲宗根さんたちの結婚云々を知りたがってたし」つまり、あの時点で伊神さんは真相に予想がついていたということである。

「でも、結婚式の二次会であれを流すのはなあ……。どう紹介するつもりなんだろう。あれが原因でライブ禁止になったっていうし」

僕が言うと、伊神さんは小さく首を振った。

「違うよ。この人たちのバンドはあれのせいで解散させられたけど、翌年のライブ禁止とは無関係」

「えっ、そうなんですか」

伊神さんは答えず、福本さんを振り返った。伊神さんの視線に気付いた福本さんが、頭を掻きながら説明する。

「俺たちの後に出たバンドの誰かが舞台上からダイブして怪我したんだよ。客に受け止めてもらうつもりだったらしいんだけど、誰も受け止めなくて床に激突したんだと」

伊神さんも言う。「君が三野君のお兄さんから聞いてきたんじゃないの？　翌年のライブは怪我人が出て禁止になったって。裸踊りで怪我人は出ないよ」

「裸踊りって言うなよ」福本さんは苦しげな表情になった。「忘れてえよもう。あんなの」

「だからといって、今更隠したがるほどのことでもないでしょう。どうせ辻君はもう観たんだし、もう時効です。せっかくですから、ついでにダビングしてもらってはどうですか？」

「いいよ。要らねえよこんなの」

「そう言えるのは、映像が残っているうちだけですよ」

福本さんはそれでも、嫌でたまらないといった顔で首を振った。

「まあ、本人の自由ですが」伊神さんは、特にこだわる様子もなく頷いた。「ところで、三人揃って来たのはなぜですか？」

「ん、ああ。……君から連絡をもらった後、仲宗根に電話して」福本さんが悄然《しょうぜん》として答える。

「それで事情が分かったから、強引に仕事抜け出して一緒に来たんだよ。……仲宗根。お前こんなことになってんならまず俺に言えよ」

仲宗根さんが言い返す。「こっちの台詞《せりふ》だよ」

お互い様であり、似たもの同士である。

再び賑やかに喋りだしたOB二人は放っておくことにして、僕は伊神さんに訊いた。

「伊神さん、どこまで事情、分かってたんですか？　僕はてっきり、ライブ禁止が何か関係あるのかと」

「犯人が、映研のテープにそこまでこだわった、っていうのが不思議でね」伊神さんは、戸の前で喋っているOB二人にちらりと視線をやった。「怪我人が出るような大事件なら、テープ以外にも証人なり記録なりが残っていておかしくないし」

「でも、どうして披露宴とか、そういう話だって分かったんですか？」

「なに、ちょっと聞いたことがあるんだよ」伊神さんは肩をすくめた。「タレントにでもならない限り、過去の映像が必要になるのは一生に一度。披露宴の時ぐらいなんだってさ」

「……それ、なんだか絶望的な気分になりますね」

「そうでもない。たまに引っぱり出して盛り上がるから楽しいんだと思うよ。ああいうものは」

伊神さんはそう言って、親指でＯＢ二人を指す。福本さんと仲宗根さんはすでに笑顔で、僕の知らない固有名詞を交えて昔話に花を咲かせていた。

優しくないし健気でもない

青年と少女が並んで歩いている。恋人同士であることは、手のつなぎ方と二人の笑顔で分かる。二人は笑顔である。青年は快活に。少女は少し遠慮がちに。

青年が少女に話しかける。少女はなぜか前を見たまま反応しない。青年は再び話しかける。一度目より大きな声で、はっきりと。だが、苛ついているような調子はない。

少女がやっと振り返る。その耳たぶの上に補聴器がある。青年は首をかしげる少女に根気よく言葉を繰り返す。少女は応えるが、発音が不明瞭で聞き取りにくい。母音だけで喋っているように聞こえる。青年は根気強く訊き返し、何度も耳を澄ます。優しい笑顔はそのままで。

単純なやりとりに多くの時間をかけ、しかし青年は笑顔で頷く。「そうしようか。真菜《まな》」

1

(from) 伊神さん
(sub) Van Dine 17th

（このメールは本文がありません）

一歩先を歩く妹は画面をじっと見ていたが、スクロールさせようとしたり意味のないところをタップしたりという無駄な動作を二、三試みたのち、僕に携帯を返してきた。「……これだけ？」

「うん」

「意味が分からない」

「僕も最初は分からなかったけど」携帯をしまう。前方の青信号が点滅しているのを見て、走って渡ろうか諦《あきら》めて止まろうか一瞬悩み、結局立ち止まった。「『Van Dine』を検索したら分かったよ。ヴァン・ダインっていうのはアメリカの……」

言おうとしたら妹が駆け出し、青信号が点滅する。出遅れた僕は、コートの裾をはためかせて道のむこう側に行ってしまう彼女の背中を、突っ立ったまま見送るしかなかった。暦の上でもそろそろ冬であり、乾いた青空が開放的だが、かわりに風が冷たい。走れば中央分離帯のところまでは行けるかもしれなかったが、体が硬くなっていてすぐに反応できなかった。それに中央分離帯に立って信号待ちをする姿というのはどうにも「渡り損ねたうっかりさん」に見えるので恥ずかしい。

歩幅が大きいせいかわりと脚も速い妹は、横断歩道を渡り切るとこちらを振り返り、突っ立っている僕に言った。「遅い」

待ってて、と言ったがたぶん妹は見ていない。信号が変わって目の前をトラックが走り過ぎる。もともと交通量の多い道で、走行音と振動が立っている僕を落ち着かなくさせる。子供じゃないのだからとは思うが、毎日ここを通って通学している妹が少し心配になった。

もっとも妹は平然として、道のむこうから訊いてくる。「伊神さんのメール、どういう意味?」

「『Van Dine』はアメリカの小説家。『17th』は、『ヴァン・ダインの二十則』の十七番目のこと。ヴァン・ダインは、推理小説はこうでなくてはならない、っていう二十個のルールを定めたんだ」

伸びあがって答える。こんな距離で会話をしていると目立って恥ずかしいのだが、妹はあまりそのあたりを気にしない。

「意味が分からない」妹はやはり少々、不満顔である。「それって、どんなルールなの?」

「『空き巣や強盗を追うのは警察の仕事であって、名探偵の仕事ではない』」視界を塞《ふさ》ぐトラックが通り過ぎるのを待ち、言った。「伊神さんが好きなのは不思議な事件なんだ。ただの引ったくりには興味がない」

ヴァン・ダインの二十則については適当な意訳の上、省略もしている。伝わるかどうか危ぶまれたが、察しのよい妹はすぐに不満げな顔になって口を尖らせた。「それなら不思議な事件に見せればよかったのに。幽霊が出たとか、地底人が出たとか、幽霊が地底人から引ったくりしたとか」

「無茶言うな」

「ストーリー紹介は煽ってなんぼでしょ」

「何だよストーリーって」どうせネット上の妙な書き込みを見て覚えたのだろう。

鋼管を満載したトラックが目の前を通り過ぎ、信号がようやく青に変わり、僕は横断歩道を渡り始める。「とにかく、まず僕が詳しい話を聞く。伊神さんに頼めそうだったら頼んであげるから」

これまで様々な事件に出くわすたび、にわか探偵団を組んで解決してきたわけなのだが、これはいよいよ本格的に探偵事務所になってきたな、と思う。なんせ今回は「依頼人」が存在する。妹の友人の姉で、妹の学校の高等部に通う河戸《かわど》真菜さんという人が一昨昨日《さきおととい》の夜、引ったくりに遭ったというのだ。それだけなら普通は警察に届けるべきことだが、河戸真菜さんからその妹の美悠《みゆ》ちゃん、さらにその友達であるうちの妹、と話が伝わり、なぜか昨夜、うちの妹から「話を聞いてほしい」と頼まれたのである。妹の態度から察するに、彼女自身は友達の姉が事件に遭ったことをダシに伊神さんに会えないかと企んでいるようだが、伊神さんの話を聞いた美悠ちゃんと真菜さんも「できればお願いしたい」と言っていたそうである。僕はその点が気になっていた。普通なら「知り合いに名探偵がいるから」と言われたとしても、恐縮して断るところである。妹にさっき説明したヴァン・ダインの第十七則は、別にミステリファンでなくとも感覚的に身についていることだ。それなのに頼んできたということは、何かあるのだろうか。

というわけで僕は昨夜、伊神さんにメールで頼み、今日は放課後すぐに電車に乗って、こうして妹の学校に向かっている。制服姿の妹と駅の改札で待ち合わせ、というのはわりと異例なことであり、それ自体は少し楽しいのだが、妹の方は別に何の感慨もないらしく、ひたすら伊神さんが来ていないことを嘆《なげ》いている。昔はもっと僕にべったりで、「お兄ちゃんとお出かけ」だと喜んでくれていたのに、もうそういう歳でもないらしい。それどころか頑なに隣に並ぼうとしないのは、僕よりはっきり背が高くなってしまったからだろう。妹がどんどん大人になっていくのは兄としては頼もしいが、それにつれて可愛げがなくなっていく。仕方のないことではあるのだが。

ともあれ、伊神さんからの返信はあのようなそっけないものだったわけで、僕は何も悪くないのに伊神さんがいないことを詫びつつ、事件の話を聞きにいかなくてはならなかった。何か理不尽な気がする、と思いながらも、妹に遅れないよう歩道を歩く。

2

校門のところで待っていてくれた美悠ちゃんは妹が近付くとぱっと携帯から顔を上げて手を振ったが、その後ろの僕を見るとなぜか、面白いものを見つけたような顔になって微笑《ほほえ》んだ。妹とはおそらく一番仲が良い友達で、うちにも何度か来ているが、僕とはそれほど話したことがない。妹は普段、友達に僕のことを話しているのか、いないのか。今の反応を見ると前者のようではあるのだが、だとすると今度はどういうふうに言っているのか気になった。

「久しぶり」

挨拶をすると、こちらを観察するようにしながらぺこりと頭を下げてくる。前回この子を見たのは僕の高校の文化祭だったと思うが、その時より背が伸びている気がする。中学のこの頃はそのぐらい成長する。

「ありがとうございます。遠くから」美悠ちゃんは妹と僕を見比べ、僕の顔をじっと見て言った。「……今日は男の恰好なんですね」

思わず天を仰ぐ。そういえば前回会った文化祭では、諸事情により僕は「ミス&ミスター市立コンテスト」に出ていたのだった。ただのコンテストならよかったのだが、市立のやつはミスター部門が女子限定、ミス部門が男子限定なのである。以前この子に会った時、僕はお下げにセーラー服という恰好だった。

「念のため言っておくけど、あれ趣味じゃないから。やらされてただけだから」

「いいえ。可愛かったです。違和感もなかったです」

「ありがとう。でも誤解しないでほしいんだけど」

「別に悪いことじゃないよ？　私は個人的に兄妹《きょうだい》の縁を切るけど」

「今の本当にフォローか？」ええいそれより、と思い、今は普通に男子の制服を着ている僕を興味深げに観察している美悠ちゃんの肩を叩く。「お姉さんのところに案内して。伊神さんは来られないけど、まず僕が話を聞く」

美悠ちゃんはにっこり笑い、中等部の教室にいます、と言って先に歩き出した。妹が通っているとはいえ、僕は市立《よそ》の制服である。堂々と歩いてよいものかと思ったし本来は受付を通るべきなのだろうが、美悠ちゃんは特に気にする様子もなく昇降口でスリッパを出してくれた。妹からは「父兄が来校することがよくある」と聞いているから、そうだと分かれば咎《とが》められないのかもしれない。だからどうか妹はそんなに離れないでほしい。僕という物差しがあろうがなかろうが、背が高いのは隠しようがないだろうに。

ぱたんぱたんといちいち鳴るスリッパの音が落ち着かないのをこらえて中等部の教室にお邪魔すると、スクールバッグを持ったまま立ち話をしている女子が二人いた。何の話題なのか二人ともやたらと高速で「ありえない」「あの店の」「気をつけなよ」と喋《しゃべ》っているから随分と仲が良いのだなと思っていたが、背が低い方の子は妹と同じ制服であり、僕たちを見るとぱっと挨拶して、美悠ちゃんに「バイバイ。美悠のお姉ちゃん面白いね！」と言ってぱたぱたと廊下へ出ていく。それに向かって手を振っていたもう一人は、さっきお喋りをしていたのと同じ笑顔で僕たちにさっと手を上げてみせ、「初めまして。被害者の河戸真菜です」と言った。

真菜さんは他人の机にバッグを置いて、自分もどっかりと座る。「あなたが伊神さん？」「いえ。すみません。伊神さんは忙しいようで」どう言ったものか迷う。「代理の葉山です」「あ、亜理紗ちゃんのお兄さん？　わざわざ来てくれてありがとう。似てないね！」真菜さんは僕と妹を見比べて無遠慮に笑った。「それに小さくて可愛い。妹の方が大きくない？」「……ええ。そうです」妹を見ると、不満げな顔で「兄が小さいんです」と言っていた。

なぜか美悠ちゃんが後ろから僕をつつき、謝る。「すみません。うちの姉、うるさくて」

「いや……明るい人だね」

こっちも似てない姉妹だな、とは思う。基本的に大人しく、ひと呼吸置いてから発言するような印象のある美悠ちゃんと違い、真菜さんの方は分かりやすく表情を変え、大人しい人は気圧されてしまうような押し出しの強い印象がある。たとえば姉妹で並んで歩いていて、妹の方が道端のカタバミを見つけて癒されている時、姉の方は変な名前の床屋の看板を指さして笑っているかもしれない。

真菜さんは僕の視線を勘違いしたらしく、さっと顔を横に向けて、耳にかけている桜色の補聴器を見せた。「これ使ってるから。これ可愛くない？」

「可愛い」妹が先に反応し、補聴器を受け取る。「こんなデザインの、あるんですね」

「昔は『目立たないように』って肌色のばっかりだったみたいだけどね」真菜さんは僕を見る。「耳のこといちいち説明するの面倒臭いから、わざと目立つようにつけてるの。ていうか、初対面の人には自分から見せてる」

耳かけ式の補聴器でも、坊主頭か何かにしていない限りは髪の毛に隠れる。あえて見せようとしなければ面と向かっても気付かれないままのことがあるが、彼女はそこに気を遣っているのかもしれなかった。

「でも、正面からゆっくり喋ってくれないと聴こえない。後ろからの物音なんて絶対無理だから、やられた時超びっくりした」真菜さんの表情がすっと鋭くなる。「どうせやるなら正面から来いって思ったよ。卑怯者」

引ったくりの被害者はほぼすべて女性。あえて言わなくとも、もともと弱い相手を狙う卑怯者ではある。

「一応ひと通り聞いておきたいんですが、よろしいですか？　場所とか被害とか」

「一昨昨日。金曜の夜。その日は塾で遅かったんだけど、帰り道に、家の近くの路地で」真菜さんは妹から補聴器を受け取ってつけ直し、脚を組んだ。「夜の十一時前だったと思う」

「塾って、新宿《しんじゅく》のですか？　大変ですね」

「大変。でも、せっかくここまで公立で来たんだから、大学も国公立行きたいし。うち貧乏だし」真菜さんは言う。「正直、遠いから超面倒臭いけど」

姉の横に来た美悠ちゃんが言う。「お母さんの車で送ってもらえばいいのに」

「それも悪いし」真菜さんはとりなすように言う。「バイクで送る、って言ってくれる男もいるんだけどね」

それも心配な気がする。だがその点については今は措《お》いておくことにして、僕は机の上のスクールバッグを指さす。「夜の十一時前に、家の近くの路地で。……バッグはそれですか？」

「私服に着替えてからだから、別のトート。あとで知ったけど、トートって引ったくりに狙われやすいんだね」

「そうですね。……刑事みたいで申し訳ないんですが、被害金額はどのくらいでしたか？」

当たり前の質問だったのだが、真菜さんからは意外な返答があった。

「ゼロ。……もしかしたら、マイナス百円くらいかもしれない」

僕の脳内に音をたててクエスチョンマークが花開いた。……確かに「マイナス」と言った。どういうことだろう。

僕が訊き返す前に妹が訊いた。「マイナス？」

「そう」真菜さんは頷く。「つまり、盗《と》られてないの」

急に話が分からなくなった。「……引ったくり、なんですよね？」

「そうなんだけど」真菜さんは説明に困る様子で、ろくろを回す手つきになって視線を宙に彷《さま》徨《よ》わせる。「……ええと、まず、気付かないうちに後ろからバイクが来てて」

黙って頷くと、真菜さんはこちらに視線を戻して言った。

「肩にかけてたバッグをいきなり引っぱられたの。とっさに引っぱり返して、携帯の防犯ブザーアプリ鳴らしたんだけど」

真菜さんはバッグをあさると携帯を出し、これ、と指さしてからぶんぶんと振った。

途端に衝撃波のような大音量でサイレンの音が鳴り始める。僕は思わず声をあげて耳を塞ぎ、それから急いで手を振る。「止めてください。分かりました」

真菜さんは平然として笑顔で言う。「やっぱり、すごい音だよね？　これ。これ鳴らしたら逃げてったんだけど」

まだずっと鳴らしっぱなしである。「早く止めてください」

真菜さんがアプリを止めると、なぜか美悠ちゃんが僕に頭を下げた。「すみません。がさつな姉で」

「うるさい」なんとなく家での態度が分かる調子で妹にチョップを入れ、真菜さんは携帯をしまう。「ただ、逃げる時に引っぱられたから、バッグ盗られたの。どっちかというと、引っぱられて転んだら嫌だからこっちから渡したんだけど」

しかし、それなら被害金額がマイナスということにはならないはずだ。僕がそう怪訝《けげん》に思ったのを察したか、真菜さんはすぐに付け加えた。「犯人は前の方に走り去っていったから、一応走って追いかけたんだけどね。角を曲がったところで見失って」

「……はい」追いかける方が危ない。

「でも、角を曲がったとこに置いてあったの。バッグが。そのまま」

僕は彼女の言う状況が呑み込めず、一秒半ほど沈黙した。

「……犯人が落としたんですか?」

真菜さんは首を振る。「塀の上に置いてあったの」

それを聞いて、ますます分からなくなった。落としたのでも捨てたのでもなく、「置いてあった」。

「……何もなくなっていないんですか?」

「うん。財布の中身も全部そのまま。それどころか」真菜さんはまたスクールバッグを探り、楕円形をした白いものを出した。「これが入ってたの」

差し出されるそれを受け取る。ふかふかの毛が生えているから何かと思ったが、楕円形にシルエットが簡略化された、二十センチくらいのシロフクロウのぬいぐるみだった。だいぶ古いものらしくて毛は灰色にくすみ、全体的にへたっているが、造形はなかなか可愛いものである。

真菜さんは、わけがわからない、という顔で両手を広げ、それから言った。「ね？　マイナス百円くらいでしょ？」

「五百円くらいじゃないですか？」妹が言う。そこはどうでもいい。

僕は妹にシロフクロウを渡し、再度訊いた。「本当に何もなくなっていないんですね？　財布とか、ポーチの中身も全部」

真菜さんは頷く。「……変でしょ？」

……ヴァン・ダインの第十七則は、別にミステリファンでなくとも感覚的に身についていることだ。普通の泥棒なら、依頼人も名探偵になど頼まない。

確かにそうだった。これは普通の引ったくりなどではないのだ。だが、一体どういうことなのだろう？

真菜さんも首をかしげている。「プレゼントを渡したってことかな？　でも怖かったんだけど」

「いえ」妹の手の中で縦長や横長にされているシロフクロウを見る。「でも、このぬいぐるみは相当古いです。むしろもう、そろそろ捨てるくらいの」

「うん。たぶんそう」真菜さんは言う。「バッグ置いてあったところの近くにごみ捨て場があるの。他にも人形とか捨ててあったから、そのシロフクロウ、そこで拾ったやつなんじゃないかと思うんだけど」

妹がぎょっとした顔になり、横長になったシロフクロウを僕に押しつけてくる。

「じゃあ、犯人はこれを渡したかった、っていうわけじゃないですね」手の中のシロフクロウを元の形に直す。「最初は引ったくりをしたけど、悪いと思ってとっさにお詫びを入れた、とか？」

自分でそう言ったが、どうもしっくりこない気がした。普通はただバッグを置いていくだけだという気がするし、本当に詫びる気なら、拾ったゴミなど入れずに千円札の一枚も入れそうな気もする。ゴミを入れたらむしろ嫌がらせになってしまうだろう。むろん、犯人が動揺していたなら理屈で説明できないこともするわけで、たとえば犯行時に犯人が真菜さんの補聴器に気付いて慌てた、といった可能性はゼロではない。しかし夜中に路地で後ろから来てバッグを引ったくるまでの間に、たまたまそれに気付いたというのは考えにくい。

だが、ただの引ったくりでなくプレゼントでもないというなら、犯人はなぜぬいぐるみなど入れていったのだろうか。手の中のぬいぐるみを押したり潰したりしてみるが、シロフクロウは無抵抗に潰されるだけで、GPS発信器のようなものが入っている様子もない。真菜さんに返すと、彼女はぽんぽんと表面を払い、そっとバッグにしまった。

美悠ちゃんがそれを見て顔をしかめる。「捨てたら？」

「なんで？　可愛くない？」真菜さんはバッグの中のシロフクロウを撫でる。「フクロウ、いいよね。飼いたいなあ」

「無理」

まさか部屋に飾っておくつもりなのだろうかと疑ったが、ぬいぐるみ自体に罪はないし、証拠品として取っておいてもらった方がいいのは確かなので、僕は何も言わなかった。

それよりまだ訊かなければならないことがある。「犯人、どんな人だったか見えましたか？」

だが、真菜さんは首を振った。「ヘルメットかぶってたし、眼鏡とマスクで顔を隠してたし」

つまり犯人が男か女かも分からないということになる。「体格とか、バイクの特徴は」

「ぜんぜん分かんない。一瞬だったもん。バイクは……わりと大きいやつだったと思うけど」

真菜さんは逆に質問してきた。『わ』ナンバーってレンタカーっていうか、レンタバイクだよね？」

「……大抵、そうです。ナンバーは見ました？」

「それが、番号の方がむしろ思い出せないの。三桁で……8が入ってたけど」

まあ、分かったところでこちらは警察ではないので、照会も何もできない。つまり、外見から犯人を特定できる要素とか、手がかりといったものがろくにないということになる。

僕はひとしきり唸《うな》り、それから訊いた。「不躾《ぶしつけ》ですけど、彼氏、いますか？」

真菜さんは困ったような顔になるが、隣の美悠ちゃんが先に答えた。「いますよ。健聴者の彼氏が。二つ上の大学生で」

真菜さんは渋い顔で美悠ちゃんの脇腹に肘打ちをする。美悠ちゃんは姉を睨《にら》むと、負けずに肘打ちを返した。

なぜかうちの妹も僕を睨んでいるが、とにかく頼む。「彼氏に会えませんか。いつでもいいんですが」

僕がそう言うと真菜さんは困り顔になり、眉間に皺《しわ》を寄せて悩み始めた。あまり悩むので「やっぱりいいです」と言おうとしたが、バッグから携帯を出してくれた。「……アドレス、教える」

妹がじろりと僕を見る。「何ナンパしてんの？」

「捜査に必要なんだよ」

「本当に？」

「本当」真菜さんを見て携帯を出す。「ありがとうございます。個人情報は守りますので」

真菜さんはひらひらと手を振る。「ただで捜査に来てくれたんだから、協力するって」

妹は不満げに僕を見ていたが、それから不意に、ぱっと顔を輝かせた。

「ねえ、これだけ不思議なら、伊神さん呼び出せない？」

言われてみれば、これはいけるかもしれない。「……一応、これまで聞いた話をメールで送ってみる」

「足りなかったら、話、盛ればいいから」

だからそれはやらないというのに。

3

真菜さんから足達《あだち》さんという彼氏のアドレスを教えてもらうと、僕は中等部の教室を出て、美悠ちゃんに頼んで高等部の教室に案内してもらった。本来なら真菜さんと一緒に行くところだが、そうしなかったのは、誰か残っている人がいたら彼女について訊いてみようと思いついたからである。妹に急かされたので移動中、廊下に突っ立って伊神さんにメールを送った。

(to) 伊神さん
(sub) 事件の概要です
どうも奇妙な事件のようです。被害者は高校二年生。一昨昨日の午後十一時前頃、塾からの帰り道、家の近くの路地で後ろから来たバイクに持っていたトートバッグを引ったくられた模様。犯人はヘルメットとマスクと眼鏡で顔を隠していて特徴は分かりません。バイクも「わ」ナンバーのようで、「わりと大きい」ものだったという以外は正確なナンバーも分かりません。ただ、奇妙な点がありました。引ったくられたバッグは角を曲がったところに置いてあり、何も盗られていないどころか、二十センチくらいのシロフクロウのぬいぐるみ（おそらくすぐそこのゴミ捨て場に捨てられていたもの）が入れられていたそうです。どういうことなのでしょうか。

なんだか情報が足りない気がするが、これ以上長文のメールになると大変すぎるし、詳細を書きだせばきりがない。第一報だからこれでいいのだ。真菜さんの補聴器のことも書いていないが、事件の根幹に関わるのかは分からないし、伊神さんが興味を持ってくれたなら、むこうから質問が来る。その時に答えればいいと思った。

階段を上ったところにある高等部の教室を覗くと、幸いなことに男子が一人、席に着いて参考書を広げていた。勉強中にお邪魔していいものかと一瞬悩んだが、よく見ると彼は携帯を出しており、別に何かを検索しているわけでもなくゲームをしているのであった。机の横まで行くと彼は僕たちに気付き、最初はきょとんとしていたものの、僕の隣にいた美悠ちゃんに目を留めた。

「……河戸真菜、の妹？」

美悠ちゃんが頷いて軽く手を上げる。男子は教室内を見回した。「河戸は少し前に帰ったけど」

「彼女の友達で、葉山といいます。こいつの兄」遠近法を利用しようというのか一歩下がって立っている妹を指さす。「河戸真菜さんについて訊きたいんですが、よろしいですか？」

「ああ、はい。……俺、西久保《にしくぼ》です」西久保さんの顔からはすぐに疑問の影が消え、かわりに快活そうな笑みが浮かぶ。「ああ、葉山亜理紗のお兄さんか。……小さいね」

「妹は父親に似たようです。僕は母親似で」率直にどうも。「妹を知ってますか？」

「陸上部は中等部と高等部が一緒に練習するから」

「ああ、陸上部なんですね」西久保さんを見る。小柄で細身。長距離か何かだろうか。

「本当はチーム系の球技が好きなんだけどね。うち、野球部もサッカー部もないから」西久保さんは話好きらしき様子を見せて妹を指さす。「亜理紗さん、凄いよ。あんまり跳んでないように見えるんだけど、するっとバーの上、越える」

まあ、走り高跳びをやるのは高い身長の有効利用である。「けっこう熱心みたいですね。うちに帰ってくるといつも汗臭いです。……帰る頃には暗くなってるから、心配なんですけど」

そう言うと、雑談を続けかけていた西久保さんは用件を察してくれた様子で美悠ちゃんを見た。

「河戸さんの話？　俺は『引ったくりに遭ったらしい』っていうことしか聞いてないけど」

「はい。その犯人が妙なので、話を聞いて回ってるんです。質問してよろしいですか？」

西久保さんは眉間に皺を寄せ、「河戸さんとはあまり話さないけど」と言ったが、それでも腰を据えてくれる様子で、震えだした携帯をタップして黙らせると、バッグに押し込んだ。

別に尋問する気はないのだ。僕は言った。

「簡単な質問なんです。河戸さんってどういうキャラですか？」

西久保さんは椅子から僕を見上げる。「……人に恨まれるような人かってこと？」

察しがよくて助かる。「不躾ですが」

「引ったくりじゃなかったの？」

「引ったくりに見えますが」僕は、さっき感じたことを言った。「お金は一円も盗られていないし、何か別の目的があったんじゃないかと思うんです。嫌がらせとか」

西久保さんの表情が厳しくなった。ぐっと腕を組み、それが真剣に考える時の癖なのか、組んだ手の指先で制服のボタンをいじり始める。

西久保さんは組んでいた腕をすぐにほどいた。

「……あまり話さないんです。河戸はあれだから」西久保さんは耳の後ろを指でとんとんとつつく。「俺らが本気のスピードで喋ると、微妙についていけないみたいで。悪いな、って気はしてるんですけど。……妹さんは大丈夫？」

「私は大丈夫です」美悠ちゃんは頷く。「お姉ちゃん、障害が見つかるのが遅かったり、補聴器が合わなかったり、いろいろあったからトレーニングが遅れた、って言ってました」

僕から見るとあまりそうは見えないのだが、この二人にはそう映るらしい。見ると、妹も頷いていた。

西久保さんは言う。「河戸さん、最近誰かともめたとか、そういうのはなかったと思う。なんていうか、わりといいかげんな性格だから。いい意味で」

「悪い意味でもいいかげんですけどね」美悠ちゃんが口を尖らせる。「超飽きっぽいし」

「面倒臭がりだよな」

「思いつきで何かやり始めては、面倒臭くなって私に振ります。ハムスターの世話とか」

散々だ。しかし僕は思った。これだけぽんぽんと皆につっこまれる性格というのは。

「まあ、喧嘩っ早いところがあるし、強い性格だと思うけど」西久保さんは、確かめるように僕に頷きかける。「こういう性格の人って他人と喧嘩はしても、陰険に恨まれたりはしないと思うんだけど」

確かにそうだ、と思う。気の強い人は、そもそも他人の攻撃のターゲットになりにくい。

「いや、でも根性はあると思うよ。塾行ってるらしいし」西久保さんはフォローのつもりなのか、急いで付け加えた。「帰りなんか遅くなるはずなのに偉いと思う。俺なんか、帰りが深夜になるってだけでもう嫌だもん」

なんとなく真菜さんの人物像が分かってきた。うちの妹とやや似ている。

しかし捜査的な観点からすれば、これは単に「手がかりなし」ということである。一応、西久保さんには「それ以外に何か変わったことはあったか」と訊いてみたが、西久保さんは首を振るだけだった。

礼を言って教室を出たところで僕の携帯が震えた。伊神さんからの返信だと思ったのだが、震え方がメールではなくSNSのものである。見ると、柳瀬さんからだった。

関係者の個人情報と顔写真送って！　(16:21)　柳瀬沙織

不穏な言い方をなさる。だが僕は事件について、柳瀬さんには話していない。ということは、伊神さんが彼女を使っているのだろう。伊神さんは事件に首をつっこんだ時でも、自分がやらなくてもいいことや、やっても面白くなさそうなことは基本的に他人にやらせる。
どうしたものかと思っていると再び携帯が震えた。

関係者の個人情報と顔写真送れ（16:22）三野小次郎

ミノまで使っているらしい。しかし、僕はまださっきのメールの情報を送っただけなのだ。伊神さんはすでに何か気付いているのだろうか。

こうなったら負けてはいられない。もちろん事件捜査に勝ちも負けもなく、というよりそもそも勝負する必要がないのだから協力するなり伊神さんに指示を仰いで手伝いに回るなりすればいいのだが、僕は一つ、思いついたことがあるのである。

僕は美悠ちゃんや妹に協力してもらって送れる限りの情報をミノと柳瀬さんに返信した。二度手間であるし妹は「自分まで疑うのか」と露骨に不満顔をしたが、それがとにかく済むと、僕は続けて、真菜さんの彼氏である足達さんにメールを送った。足達さんにはすでに真菜さんが話を通してくれていたらしく、すぐに返信があった。

4

足達さんは今日これからバイトだという話だったが、バイト前に十分ほどなら時間があるというので、それでもいいのでとにかく会いたい、とメールに書いたら、バイト先の場所を教えてくれた。学校からは最寄駅になる、ＪＲの駅前にあるモスバーガーである。

　僕が制服のままなので目印になるかと思ったが、店の前まで行くと、入口前の道のガードレールに腰かけて何やらリズミカルに指を鳴らしている人がいたので、こちらから声をかけることができた。よく見ると耳からイヤフォンのコードが伸びていたが、僕が近付くと、さっと気付いてイヤフォンを外してくれた。

「足達さんですか？　葉山です」

「初めまして」

　足達さんは腰かけていたガードレールから立ち上がった。バイトに行くところだからなのかもしれないが、きちんとした服装と真面目そうな黒髪で、しかし地味ではない印象の人である。そういえば美悠ちゃんからは教育学部だという情報も聞いているが、それがなんとなく腑《ふ》に落ちる。教育実習の先生にこんな感じの人が多い。

「落ち着いて話ができなくてごめんね。バイト前だから」足達さんは店内を振り返る。

「ここで充分です。五分でも結構なので」

　我ながら刑事めいた言い方に慣れてきたと思わないでもない。アルバイトが始業前に店内に座って喋っているのはどうなのか、というのは僕も分かるから、路上での立ち話で一向に構わない。「……ジャズですか？」

「ああ。……いや、ジャズ研だし」足達さんはイヤフォンをしまう。「もちろん、真菜の前じゃ聴かないけどね」

別に聴いてもいいという気がするが、それは措いておく。「ジャズ研だったんですね。大学生だっていうから、てっきりサークル活動で知りあったのかと」

「いや、知りあったの、ここなんだ」親指で店内を指す。「オーダーミスがあったんだけど、うまく話ができなくて困ってた。それを助けたのがきっかけで」

「なんか、すごいですね」そういうドラマのような出会いもあるらしい。

「あの時の子とつきあってるって言ったらすげえからかわれた」足達さんは、自分で自分のことが可笑《おか》しい、というように苦笑するが、すぐに真顔に戻った。「……真菜から頼まれたの?」

「いえ、どっちかって言うと、うちの妹がええと、真菜さんの妹さんの友達で、それが持ち込んできたっていうか」

説明が難しい。確かに足達さんから見れば、無関係の男子がなぜ出てくるんだという話になるだろう。だが僕としては、今回は一人で話を聞きたかったのだ。美悠ちゃんなどが横にいては、率直な話が聞けなくなるかもしれない。

怪しんでいるのかな、と思ったが、足達さんの方から質問してくれた。

「……普通に引ったくりだと思ってたけど、違うの?」

「僕も最初はそうだと思ってたんですけど」歩道を駆け抜けてきた自転車にベルを鳴らされて避ける。「真菜さんから聞きました? ぬいぐるみがバッグに入れられていたそうなんですが」

「えっ、何それ?」足達さんは嫌悪感を丸出しにして顔をしかめる。「気持ち悪いな。じゃ、ストーカーか何か？……前からつけられてたとかじゃないだろうな」

「真菜さん、そのこと言ってなかったんですか？」

「いや、引ったくり自体も、自分からは言わなかった」足達さんはその場面を思い出している様子になり、厳しい顔になった。「察してやるべきだったな。僕に心配かけまいとしたんだろう。……そういう子だから」

「あまりそういうの、話さないんですか？」僕たちにはわりと開けっ広げに話していた。

「黙ってこらえちゃうようなところがある」足達さんは深刻さを顔に出して腕を組む。「前かられっこう心配はしてたんだ。犯罪者からすると狙いやすい性格だろうって。……耳のこともそうだけど、大人しい子は狙われる」

「……まあ、痴漢なんかもそうですけど」

「うん。それに……優しいからな。この子は一体いつ怒るんだろう、って思ったことがある」

「そうなんですか？」

「ああ」足達さんは僕から視線を外して空中を見る。「前、二人で歩いてる時に、知らないおっさんから道を訊かれたことがあるんだ。真菜の方がね。……真菜は話しかけられてるのは分かったみたいだけど、相手の質問が聞き取れなくて、二回ほど訊き返したんだ」

　よくあることだ。

「そしたら、相手のおっさんが怒りだした。自分が声かけてきたのにね。……僕はムカッときて、何か言い返そうとしたんだけど」足達さんは自分の手を開いて見る。「真菜に止められた。

『いいから』って。……その後、彼女は僕に謝ってきたんだ。『ごめんね』って」

足達さんは自分の掌を見ている。

「……優しい人、ですね」

「優しすぎるほどにね」足達さんは石畳の歩道を見ている。「もしかしたら、人に対して怒る、っていうことが、そもそもできないのかもしれない。黙って耐えちゃうんだ。それで、嫌な思いをしているのは自分なのに、まず周りの人に気を遣ってしまう。昔からずっとそうしてきたのか、って思うことがあるよ。これまでたくさん、理不尽な目にも遭ってきたはずなのに」

半分独り言のような口調で語る足達さんは、そういう真菜さんのことが愛しくてたまらない、という顔をしていた。

「いつも自分一人でじっとこらえて、何も言わない。……僕には甘えてくれていいのに」足達さんは自嘲的に頭を掻く。「それができない子だってことも、分かってるんだけど」

足達さんはそこで言葉を切って黙った。沈黙があったが、彼の方はなんとなく一人で、声にしない言葉を続けているような沈黙である。

「ごめん。語っちゃった」足達さんが視線を上げる。「事件のことだけど、塾の帰り、だったよね？」

「はい。かなり遅くなので、もともと危ないといえば危ない時間帯だったんですけど」

「頑張るなあ」足達さんは、何割かは困ったように笑う。「トリマーになりたいって夢があるみたいでね。毎日いいかげんにピアノ弾いてる僕よりずっと真面目だ。……塾通いは、危ないからやめろって言ってもやめないだろうな」

「送っていっていただけるとありがたいんですが」

「なんとか納得させてみる。難しいだろうけど」

足達さんはそう言うと、少し声を低くした。「……また狙われないっていう保証はないわけだしな」

足達さんも分かっていたらしい。実は、そうなのである。普通の引ったくりなら同じ相手をわざわざ何度も狙うということはあまりないだろうが、犯人にそれ以外の目的があった場合、一昨昨日の一件だけで終わるどころか、エスカレートする可能性がある。

足達さんが時間を気にする様子で店内を見たので、僕はよろしくお願いします、と言って頭を下げた。

「いや、こっちこそありがとう。……すまないな。本当は僕がやるはずのことなんだけど」足達さんは言った。「もう時間なんだけど、これでよかった？　訊きたいことがあったと思うんだけど」

「いえ、大丈夫です。ありがとうございました」

礼をして足達さんと別れる。もともと真菜さんの人となりを訊きにきたのだ。充分だった。

だが。

足元の石畳のパターンを目で追いながら考える。これはどういうことなのだろうか？

足達さんと話しながら、僕はずっと違和感を覚えていた。まるで別人だ。美悠ちゃんや西久保さんから聞いた「河戸真菜」と、今、彼氏である足達さんから聞いた「河戸真菜」。あまりに印象が違いすぎる。

喧嘩っ早く、強く、飽きっぽくていいかげんな河戸真菜。

優しく大人しく、怒るということができず、真面目で頑張り屋な河戸真菜。

だとすると。

僕の頭の中に、一つの仮説が浮かんだ。あまり愉快でない仮説だった。

5

夜の十時半を回っていたが、県道はまだ車通りが多かった。住宅地に向かう乗用車だけでなく大型のトラックも多かったから、どこかもっと広い道に出る抜け道的な通りなのかもしれない。マンションの前を過ぎ、「冬の新作　ジューシーボリューム肉まん」と書かれた横断幕が湯気の立つ中華まんの断面を見せつけてくるコンビニの前を通り、町内会からのお知らせがパズル的巧みさで隙間なくびっしりと貼られている掲示板のある角に来ると、後ろを歩いていた妹が僕をつつき、ここで曲がれ、と指示してきた。やはり並んで歩きたくないらしいのだが、河戸家への道案内をするつもりなら前を歩くのが普通だと思う。

路地に入ると、妹が後ろからつついてきた。「お腹減った」

「……さっき夕飯食べただろ」いつも通りごはんも二合半炊いたのに、ぺろりと平らげていた。

「さっきじゃない。三時間前。歩いてたらお腹減った」妹はあからさまに県道を振り返る。「肉まん食べたい」

「……分かったよ。あとで」コンビニの横断幕は妹も見ていたらしい。「遅くなるし、僕一人で行くって言ったのに」

そう言うと、妹は目をそらした。「お兄ちゃんだけに任せとくのも嫌だし。……次は美悠かもしれないいし」

伊神さん目当てで僕を巻き込んだのかと思っていたが、意外と使命感があったらしい。そういえば、伊神さんや柳瀬さんたちには学校からの第一報以来連絡をしていないが、妹は特に催促する様子もなかった。

そう言った手前か、妹は僕の前に出て積極的に道案内を始めた。県道から一本入るとすぐに入り組んだ住宅街になり、このあたりは三十メートル間隔で似たような路地が櫛形に走るとびきり紛らわしい地域なのだ。だが何度か河戸家に行ったことがある上にもともと方向感覚の優れた妹は、全く迷う様子を見せずずんずん歩いていく。人通りが少なくひどく静かで、確かに夜中、一人で歩くのは躊躇《ためら》われる路地だった。県道から入って最初の路地を右に曲がり、暗がりをどんどん進んで最初の角で左折する。早足なので追いかける僕の方が大変である。

そこからさらに数十メートル進んでまた右折すると、街灯の明かりの下にゴミ捨て場があった。おそらく不法投棄と思えるキャビネットと鏡台が、それに何の部品か分からない四角い鉄クズや窓のサッシが、ひとかたまりに置かれている。見ると、ゴミの中には古いクレーンゲームの景品らしい、この明かりでも分かるほどの汚れたぬいぐるみも転がっている。あのシロフクロウが落ちていたのはここだろう。

妹も立ち止まって僕を見ている。僕は今曲がった角を振り返った。さっき通ったあたりが犯行現場のようだ。

僕は言った。「犯人が分かった」

妹が怪訝な顔で見てくるので、僕は街灯の明かりの下に移動し、はっきりと言った。

「犯人が分かったんだ。悪いけど、伊神さんを呼ぶまでもない」

妹が目を見開く。「……本当に？」

「たぶん、だけど」

そう答え、妹に言う。「とにかく、河戸さんの家に案内して。一応行っておきたい」

半信半疑、というより明らかに三信七疑といった表情の妹に案内してもらい、「河戸」の表札のついた家まで行く。「河戸」の文字の下には「俊介」「圭子」「真菜」「美悠」の四つの名前が並んでいた。

あらかじめ美悠ちゃんにメールで話を通しておいてもらったためか、インターフォンを鳴らすと、玄関にはすぐ明かりがついてドアが開いた。出てきたのは白髪交じりで大柄な初老の男性だった。河戸姉妹の父親、俊介《しゅんすけ》さんである。

「夜分にすみません。ご連絡しました葉山です」

僕が言うと、俊介さんの表情がほころんだ。「しっかりしてるね。うちの真菜と大違いだ。

……いつも美悠がお世話になっています」

「こちらこそ、妹がお世話になっています」

こういうやりとりは面白くないようで、妹は最初に挨拶をしたきりそっぽを向いている。

俊介さんは苦笑して家の中を振り返る。「すみません。連絡もらってたのに、真菜は今お風呂中」

事件についてはだいたい見当がついてしまっている。だが一応、真菜さんにきちんと現場をあらためてもらいたかった。なにしろ僕は以前、思い込みで捜査をして、関係者の前で大間違いを開陳してしまった経験がある。

「お待ちしてもよろしいですか?」

「十分以内に出てくると思うが」俊介さんは困った顔になる。「中に入って待つかい?」

僕は首を振った。とっくに団欒《だんらん》の時間帯も過ぎている。当の俊介さんもスウェットである。

「適当な子だからねえ」俊介さんは言う。「塾ももう面倒になったみたいだし」

「いえ。……ああいう事件がありましたから」

「駅まで迎えにいく、って言ったんだけど、『いらない』って言うんだ。『やめたら?』って訊いてみるよ。危ないし」

「その方がいいかもしれません」

「『大学に行きたいから塾に行く』って言い始めた時は、珍しくやる気になったのかな、って思ったんだけど」俊介さんはこちらが訊く前に家庭の事情をずらずらと話してくれる。いいのだろうか。「私も妻も喜んだんだ。両親と子供二人、そろって同じ学校で、同じような仕事を世話してもらって、っていうのもよくない気がするだろ？　でも、あの通りやる気が長続きしないから」

そうですね、とも答えられず、こちらは曖昧に相槌《あいづち》を打つしかない。

俊介さんは少し表情を曇らせた。そういう顔になると、目許が美悠ちゃんの方によく似ていることが分かった。

「……勉強嫌いについては、親の責任もあるんだ。生まれてすぐの頃はけっこう聴こえるみたいだったから、つい油断してね。補聴器が合ってないことに気付くのが遅かったから。言葉を覚えるタイミングが中途半端になってしまった。……私たちが変に期待しちゃった部分もあっただろうな。もしかしたら、普通に聴こえる子になるんじゃないか、って。気付くのが遅れたのはそのせいかもしれない」

「僕が見る限り、普通に話していました」西久保さんの言葉をここで言う必要はないと思った。

「そうかもしれない。だが、あの子の根気がないのは言葉のやりとりが苦手なせいなんじゃないかって思うところもあるんだ」

さらさらと喋っているが、口調ほどに軽い後悔でないことは見ていて分かった。おそらく俊介さんは、この話ができそうな相手を見つけるたびにこうして話し、懺悔しているのだろう。

「……ご本人は、あまり気にしていないようですけど」

「そうだといいんだが」

そこまで言った俊介さんは、ぱっと表情を変えて後ろを振り返った。「すまないね愚痴を言っちゃって。……真菜は？」

俊介さんの後ろから美悠ちゃんが顔を覗かせていた。彼女は出てきてくれるつもりのようで、セーターとジーンズである。「まだ」

「こんばんは」僕は美悠ちゃんに言った。「明日また、学校に行っていいかな？　放課後に真菜さんたちと会いたい」

「はい」

今、俊介さんから聞いた話で確信した。犯人の動機もたぶん、分かった。

僕は頷く美悠ちゃんをまっすぐに見て、言った。

「犯人が分かった。それを話すよ」

6

推理小説なんかで、関係者を一堂に集めて名探偵が「犯人はこの中にいます」とやるシーンがある。現実にあんなことがあるものかと言われることもあるが、実は僕は何度か、まさにあのシーン、としか呼べないものに遭遇している。慣れてすらいる。

だが放課後、関係者を集めてくれ、と美悠ちゃんに頼んで妹の学校に乗り込む僕はずっと緊張し通しだった。僕が慣れているのはあくまで名探偵の役を伊神さんがやってくれる場合であって、皆の視線が集まる中、自分が推理を開陳するというのはほとんど経験がないのだ。あることはあるのだが、その時は大間違いを言って大恥をかいた。よその学校に乗り込んで、という今回のケースはそれに似ているのだ。嫌な予感がする。電車に乗っている間、僕は自分の汗でぬらついてくる手すりを摑んだり、手を離して揺られるに任せたり、どっちつかずのままずっと立っていた。考えてみればわりと何駅も乗るのだし、季節柄もう傾きかけた夕陽の差し込む車内は、上り電車なのであまり客がいない。座っていけばよかったと思ったあたりで着いてしまった。

緊張している原因は他にもある。真相をどこまで言ってよいか分からないのだ。犯人は分かる。犯行動機も推理できた。だが推測だけで物証はないし、そもそも他人の心中を大勢の前で解説するというのは抵抗がある。当の本人を含めた大勢を前にして「犯人である○○はこう考えたのでしょう」とえんえんと解説を続けられる名探偵には、ある種の図太さがあるのだ。はたして今回の動機を大勢の前で開陳していいのか。できれば言わずに済ませたかったが、それで皆が納得するだろうか。実は一番うるさそうなのがうちの妹でもある。根回しをしておけばよかっただろうか。

その緊張が伝わったのか、校門で挨拶した時、美悠ちゃんはなんとなく表情が硬かった。真菜さんとうちの妹は高等部の教室で待っているという。西久保さんもいるらしい。今度は玄関から上がったのだが、受付の人は僕が挨拶し、美悠ちゃんが中等部の葉山亜理紗の兄だと説明してくれると笑顔で応じてくれた。やはり「身内」となると途端に信用してくれる。この学校が特殊なのだろうか。

他の人がいたら嫌だなと思っていたが、高等部の教室に他の生徒はいなかった。妹と真菜さんは特に構えることもなく、二人肩を寄せ合って携帯を覗いている。西久保さんは少し離れて、モニターの前の机に座って参考書を開いていたが、開かれた参考書のページは、教室に差し込むオレンジ色の西日を反射して動かないままだった。そう熱心に勉強しているわけではなく、ただ手持ち無沙汰でそうしていたようだ。男子が一人だから仕方がない。

こちらに気付いた西久保さんに手を上げ、妹のいる机を叩く。妹は僕を見上げて訝しげな表情になった。「本当に分かったの?」

「たぶん」

としか答えられない。名探偵には程遠いなと思う。

とにかく、話すべき人は皆集まっている。僕は四人に向けて言う。「四日前の引ったくり犯が誰なのか分かりました」

目を見開いて反応したのは西久保さんだけである。僕は続けた。

「この事件は、引ったくりにしては妙な部分がありました。犯人は真菜さんからトートバッグを奪っておきながら、何も盗らず、なぜか現場付近のゴミ捨て場にあったシロフクロウのぬいぐるみを入れて逃げました」

西久保さんが真菜さんを見ると、真菜さんはスクールバッグからそのぬいぐるみを出した。なんだか昨日見た時より汚れが落ち、綺麗な白になっている。洗ったのだろうか。

「どうしてそんなことをしたかといえば、そもそもこれはお金が目的じゃないからです。犯人はバッグを引ったくる行為そのものが目的でした」これだけでは伝わらないだろう。真菜さんを見て言う。「つまり、難聴で後ろからの物音がよく聴こえない真菜さんに対して、背後から引ったくりをすることによって怖い思いをさせることが目的だったんです」

他の三人は真菜さんを見たが、当の真菜さん自身はさして驚く様子もなく、小さく頷いていただけだった。やはり彼女も、ある程度予想していたのだ。

僕は軽く手を上げて皆の視線を集める。

「だからぬいぐるみを入れたんです。犯人は引ったくりを成功させるつもりまではなかった。成功してしまえば強盗事件になってしまい、警察沙汰になってしまいます。ただ真菜さんを怖がらせればいいなら、そこまでする必要はありませんから」ぬいぐるみを指さす。「ところが、盗るつもりがなかったのに、真菜さんはとっさにバッグを放してしまった。事件にしたくなかった犯人は角を曲がるとすぐにバッグを置きましたが、それだけでは不充分だと思ったんでしょう。これだと『バッグを引ったくられたが、角を曲がると犯人が落としたのか、バッグは落ちていた』になります。これはやっぱり普通、警察に届けるべき事件ですよね？　ですがぬいぐるみを入れておけば、『バッグを引ったくられそうになったが何もなくなっておらず、なぜかぬいぐるみが増えていた』になります。話を聞いただけではわけがわかりませんし、事件なのかどうかもよく分からなくなります。警察に届けても『つまり、何か盗られたの？』『何もなくなっていないの？』となり、上手に説明しないと取りあってもらえないでしょう」

加えて真菜さんは音声でのやりとりに不自由する。難聴の人にとっては、面と向かっての会話より、唇や身ぶりが読めず音声も変質して聴き取りにくい電話ははるかに困難なのだ。警察にも「メール110番」などのサービスはあるが、心理的なハードルは健聴者よりはるかに高い。「ややこしい説明が必要になる事件」にしておけば、通報される確率はずっと下がる。

　そして犯人がそう考えたのだとしたら、それはもう一つの重大な事実を示している。

「おかしな点は他にもあります。犯人がバイクに乗っていたのに、犯行現場が県道から路地に入り、その後二回も曲がった地点だったというところです」

　現場に行ってよかったと思う。真菜さんは特におかしいと思わなかったかもしれないが、実際にその場に立ってみると、僕にはその不自然さがすぐに分かった。

「引ったくりをするなら、県道ですればよかったことです。人の目が多いのを避けたのなら、最初の路地でよかった。なのに犯人は徒歩の真菜さんがその後二回も路地を曲がるのを待ってから犯行に出ています。理由は色々考えられます。暗がりを選んだのかもしれないし、たまたま人が通ったのかもしれない。問題はそこではありません。犯人はバイクに乗っていたはずなのに、路地のそんな奥で犯行ができた、ということの方がおかしいんです」

　まだぴんときた人はいないようだ。妹も疑わしげな目で僕を見ている。僕は続けた。

「事件時、真菜さんは県道から入って最初の路地を右折し、さらにそのすぐ次の角でまた左折していきます。その間、犯人はずっと真菜さんを観察しながら後ろからついていった。ですが、聴者《ちょうしゃ》の感覚からするとこれは相当おかしいことです。路地を二回曲がるまで、近い時は十メートル、そうでなくとも二、三十メートル後ろで、ずっとバイクのエンジン音がしていたことになる。普通、人通りの少ない路地で後ろにバイクがいたら、それだけで振り返るものです。そうでなくとも、バイクが『曲がってもまだついてくる』なら、その時点で警戒します。それは犯人の方も同じです。たとえば狙った相手がイヤフォンをしていたとしても、後ろでバイクがエンジンをふかしていれば相手は気付いて振り返る。人通りの少ない路地で、何十メートルにもわたってバイクで後をつけるなんて、危険すぎてやれないんです」この感覚がこの四人に伝わるかどうかは分からない。だが四人は黙って僕を見ている。「なのにこの犯人はそれをしている。つまり犯人は、被害者がバイクでずっと後ろからつけられていても気付かない……つまり難聴であることを知っていた人間です」

僕を見る四人の表情が一斉に厳しくなった。「難聴を知っていてやった」という事実には、抜き差しならない深刻さがある。

「つまりこの事件は、真菜さんのことをよく知っている犯人が真菜さんを狙ったということになります」

ここからが重要なのだ。僕は喋るスピードを少し落とした。当の真菜さんが聞き逃してはいけない。

「それも相当親しい人間です。なぜならその日、真菜さんは塾帰りのため、いつもよりずっと遅く十一時前頃に帰ったからです。ただ単に真菜さんの帰宅を待って待ち伏せをしていたなら、こんな遅くまで待たずに『すれ違いになったのだ』とでも考えるでしょう。犯人がこんな時間まで待っていたということは、犯人は真菜さんが四日前塾に行くことを知っていて、しかも帰りがかなり遅くなることまで把握していたことになります」

この一言で、僕を見ている四人の表情がまた変わった。ここにいる四人は皆、その条件に当てはまる数少ない人間だからだ。

今度は容疑が自分たちに急接近したということで、四人はなんとなく落ち着かない様子で視線を動かし始めた。

西久保さんが半歩下がって言う。「俺じゃないぞ」

それを見た美悠ちゃんも言う。「私でもありませんよ?」

「分かってます分かってます」僕は繰り返した。「ここの四人は全員違います。もちろん真菜さんのご両親などでもありません。だって犯人は防犯ベルの音を聞いて逃げ出したんですから。つまり犯人は健聴者です。したがって、ここにいる全員が除外されます」

四人の動きが止まる。

僕は言った。「それなら犯人は明らかですよね。関係者の中で、健聴者は真菜さんの彼氏の、足達さんしかいないんですから。犯人は彼です」

むろん、本当はこんなに推理を重ねるまでもなかったのだ。聴覚障害者であっても二輪車免許はとれるが、実際のところ、バイクに乗る人はまだ少ない。何より聴覚障害者が、他人の聴覚障害を利用して同じ聴覚障害者を狙う、などということは、心情的にまず考えられない。だから本当は、犯人は最初から明らかだったのだ。

うちの妹に河戸姉妹、それに同級生の西久保さん。それに河戸姉妹の両親もここの卒業生である。この学校――つまり県立ろう学校に通うのは、幼稚部から小学部、中学部、高等部に至るまで、全員が聴覚障害者であり、手話を母語とする「ろう者」である。

考えてみれば、名探偵が事件関係者を集めて「犯人はこの中にいます」とやるシーンとしても、これはけっこう異例のことかもしれない。なんせ、関係者がずらりと一堂に会してやりとりをしていながら、誰一人として声を出していないのだ。僕の推理も、河戸姉妹や西久保さんたちとのやりとりも、ここまでの会話は最初からすべて手話である。妹とのやりとりに至ってはこの事件どころか、ずっと前からすべてそうだった。

もっとも口話《こうわ》と手話では語彙《ごい》が違うので、僕は脳内で、妹の手話を勝手に口話に訳して理解している。だから実のところ、妹が僕のことを「お兄ちゃん」と呼んでいるかどうかも分からない。妹の方は「兄貴」ぐらいのつもりかもしれない。「お兄様」「兄上」「兄者」等でないこ

(1) 聴覚「障害」者、という呼称には微妙な問題がある。だが現状、「ろう者」は「手話を母語とする文化に属する人」、「難聴者」は「聴覚の使用が困難だが、口話文化に属する人」を指す場合があり、適切な単語が存在しないという問題もある。それは同時に、「聴覚障害者」とひとくくりにすることがそもそも不適切だからではないか、という別の問題も出来《しゅったい》させる。

(2) 平成二十四年をもって、ようやく普通に免許がとれるようになった。ただし普通自動車の運転時には、聴覚障害者標識（緑地に黄色いチョウのマーク）の表示が義務付けられる。一方他車も、このマークをつけた車両への幅寄せ等が禁止される。

とはニュアンスでなんとなく分かるのだが。

　しかし振り返ってみると、この事件に関わってからというもの、口話でやりとりをした場面は一度だけしかなかった。聴者である、彼氏の足達さんと会った時である。河戸姉妹の父親である俊介さんも県立《ここ》の卒業生であり、僕は手話で会話していた。手話人口は日本国内でおよそ四万数千人だという。そう考えれば随分珍しいことだ。

　伊神さんたちにはこのことを説明していなかった。面倒だったというのもあるが、半分は忘れていたのである。ろう者が手話で話していることを、いちいち「手話で話しています」と断るものだろうか？　それは日本人が「日本語で話しています」といちいち断るぐらいおかしなことだ。

　僕はなんとなく教室を見回す。僕の通う市立高校とはやはり少し雰囲気が違う。中等部も高等部もクラスは一つずつしかない。そして一クラスの定員は六名。だから西久保さんと真菜さんもある程度は親しくなる。

　この教室には六つの机が中央に固まって並べられている。教室前方にはモニターがあり、ドアの脇には視覚での通知用のランプがついている。それだけのことだったが、人数が少ない教室は、僕からするとやはり少し寂しく見えた。西久保さんはチーム系の球技をやりたいと言っていたが、生徒数の少ないろう学校では選択肢も少ない。県立《ここ》のように野球部もサッカー部もないことが珍しくなく、運動部は陸上部だけ、という学校もあるのだ。同様に、聴覚障害者向けの塾というのもめったにないので、真菜さんは新宿の「ろう・難聴者高校生の学習塾[3]」まで行かなければならない。

そしてこの県立ろう学校にはもう一つ特徴があった。授業が完全に手話で行われるのだ。生まれた頃からほとんど聴力がなく、耳の骨格のせいで当時、人工内耳手術[4]の適用外とされてしまった妹にとっては、この学校があってくれて本当によかったと思っている。普通学校に行けば手話ができる人間はまずいないから、どうしたって音でのコミュニケーションを要求される。「聴こえるように、声で伝えられるように努力しなければ」というプレッシャーが常にかかる。

だが音声でのコミュニケーションというのは、聴覚障害者にとってはとてつもなく大変なことだ。補聴器からの断片的な音声情報と、相手の表情や唇の動きから、相手が何を言っているか把握し、間髪を容れずに適切なリアクションをする。それも相手が少し早口になったり横を向いたりするだけで、その部分の言葉が空白になってしまうのだ。空白の部分は前後の文脈から判断して埋めなければならない。そんな忍者やスパイみたいなことを「常時」やり続けなければいけないのだ。妹が言っていた。私たちに「音声言語で会話をしろ」と言うのは、宇宙人

(3) 聴覚障害者大学教育支援プロジェクトの一環(主宰/日本社会事業大学　後援/日本財団)。手話の講師がいたり授業のパソコンテイクができる。http://deafhohproject.com/school/

(4) インプラントした電極を内耳の蝸牛に接触させ、音声信号を再現する技術。個人差もあり、必ずしも聴力が劇的に改善するわけではないが、補聴器より効果が大きい場合が多い。装置やそのメンテナンス、装着後のリハビリテーションは高額だが、保険が適用される。

が地球人に「なぜテレパシーを使わないのか。お前たちもテレパシーで会話をしろ」と言うようなものだ、と。

うちの妹は手話を母語とする手話ネイティヴである。妹の難聴が補聴器や人工内耳でカバーできるものではないと知った父が、いち早く手話での育児を決めたからだ。僕も幼稚園の頃から妹とは手話で話していたから、ほぼネイティヴに近い会話ができる。妹には時々「言い回しが古い」と言われたりするが、僕は口話の言い回しだって古いと言われるのだ。個性である。

対して真菜さんは俊介さんや西久保さんが言っていた通り、手話での会話は多少苦手であるらしい。補聴器をつけての口話も「正面からゆっくり喋ってくれないと聴こえない」というから、日常それなりに苦労があるはずだった。この場にいる中で補聴器をつけているのはその真菜さんだけだ。美悠ちゃんや西久保さんもつけていないし、うちの妹も、家で母親から「つけなさい」と言われた時以外は外している。「つけてもろくに聴こえないし、面倒だから」である。

妹から言われたこともあるし、直接体験したこともある。つまり、補聴器についての誤解をいちいち解くのが面倒なのだ。よく知らない人は「補聴器をしているのだから普通に聴こえているんだろう」と勝手に解釈するが、補聴器は文字通り「聴こえを補う」ものにすぎず、電話での会話は困難だし、大抵の場合、横や後ろから話しかけられても聴き取りにくい。「もっと合った補聴器を買え」などと言われることもあるが、そんなものはないのである。それに加え、逆に補聴器をつけていることで急に労られたりする、それもやはり面倒なのである。

その面倒なことを、真菜さんはあえてやろうとした。手話ができない聴者の彼氏を作った。

たぶん、今回の事件の原因はそこにある。

「真菜さん」僕は彼女を見る。「……足達さんとは、もう別れてるんですよね？」

真菜さんはうっ、と体をのけぞらせたが、すぐに頷いた。「振った」

美悠ちゃんがなぜか非難がましい目で姉を見る。

足達さんの名前が出た時からなんとなく感じていたことである。二人は本当に今もつきあっているのか、と。

足達さんに会いたい、と言った時、真菜さんは躊躇った末、「アドレス教えるからメールして」という対応をとった。つきあっているなら自分から連絡するだろうし、初対面の僕と二人で会わせるよりも自分も同席するだろう。あれはなんとなく「会いたくない人」への対応だった。

「足達さんはおそらく、あなたとよりを戻そうとしたんだと思います」

口にしにくい動機だが、ここまでは言わないわけにいかない。「あなたに怖い思いをさせ、それから『護《まも》ってやる』と言えば、ああやっぱり私にはこの人が必要なのだ、と自分のところに戻ってきてくれる――そう考えたんでしょう」

真菜さんは心当たりがある様子で顔をしかめただけだった。なぜか美悠ちゃんとうちの妹の方が嫌悪感を顕《あらわ》にしている。「何それ？」「最低」「気持ち悪い」

そこから敷衍《ふえん》すれば、真菜さんが足達さんを振った理由もだいたい想像がつく。そして皆の言う「河戸真菜」と、足達さんの言う「河戸真菜」がまるで別人のような印象だった理由も。

だが、そこまでここで言う気はしなかった。嫌な話だからだ。

そうなると、ここから話を続けるべきか続けないべきか、続けるならどう続けるべきかが問題になる。僕がまだ少々緊張している理由はこれだった。

だが、教室内の沈黙はそこでいきなり破られた。

「こんにちはっ！　ええと手話でどうやるんだっけ。『こんにちは』！」

おそらく真菜さんの補聴器でも楽に拾えるだろうよく通る声が響く。振り返ると、市立の制服を着た柳瀬さんが、なぜか足達さんを伴って入口から入ってきたところだった。

「柳瀬さん？」

「伊神さんからメールもらったよ。犯人連れてきた」

そう言って後ろの足達さんを指す。足達さんの方はぎょっとし、「おい、ちょっと待て」と反論を始めた。

「どういうことですか？　犯人は確かに足達さんですけど、どうして伊神さんがそこまで」

「なんか最初から見当ついてたみたいだよ。私と三野は証拠集めやってたの」

「おいちょっと待ってくれ。犯人って何のだよ。どういうことだよ」

急に口話でのやりとりが始まったため、真菜さんは耳を澄まし、美悠ちゃんと西久保さんはポケットやバッグを慌てて探ってそれぞれの補聴器を出した。うちの妹はというと、「早く通訳しろ」という目で僕を見ている。まあ、口話で喋りつつ手話に同時通訳する、というのは、わりと慣れている。この間伊神さんがうちに来た時もそうしていた。

「えー、みなさんこんにちは。『市立高校のアイドル』または『たたえるべき横顔』もしくは『水面《みなも》に咲く一輪の睡蓮《すいれん》』こと柳瀬沙織です。……ほら葉山くん。訳して訳して」

「今のをですか？」たしか睡蓮の花言葉には「滅亡」というのがある。「ていうかその異名、今初めて聞いたんですけど」

「いいの。そういうのは盛ってなんぼだから」

妹と同じことを言う。僕は溜め息をつき、とにかく普通に手話で柳瀬さんの紹介をした。

柳瀬さんは僕が訳し終えるのを待たずに続ける。「ええと、今回の事件の犯人はこいつで、動機がかなりゲスでクソで×××で『この××××野郎』って言いたくなる感じなところまではみなさん、ご存じ？　……訳してってば」

「嫌です」該当する語彙がないわけではないが。

「で、私とあと手下の男一名が昨日、伊神さんの指示で手分けして近所のレンタバイク屋さんを回って、証言をとってきました。それ録音したのがこれね」柳瀬さんはコートのポケットからICレコーダーを出すと、スクールバッグからタブレットも出し、何やら接続し始めた。

「音声認識でこっちに表示させるから、ちょっと待ってね」

「おい、ちょっと待て」

「あんたはそこで正座。黙って反省してな」柳瀬さんはポケットからスタンガンも出すと、ばちん、と火花を散らして足達さんを威嚇《いかく》した。

「ちょっ、……何だこの女」

「正座。反省しなさいこの××××。……ほら訳して」

「なんでそんなのばっかり訳させようとするんですか」

「だって、たまにはあなたの恥じらう顔を見てみたいんだもの！」柳瀬さんは洋画の吹き替えを思わせる作り声になった。「最近すっかり馴染んでしまって、出会った頃のトキメキがなくなっちゃったわ！　……ほらここ大事。訳して」

「嫌です」

真菜さんは微妙に聴き取れているらしく、なんともいえない表情になって僕と柳瀬さんを見比べている。

タブレットの画面が青くなり、待機状態に変わった。柳瀬さんがＩＣレコーダーのスイッチを入れると、がさがさという雑音が始まった。駆け寄って止めようとする足達さんがスタンガンの火花にたたらを踏み、机にぶつかりながら後退する。

ＩＣレコーダーのスピーカーからはすぐに、柳瀬さんと中年らしき男性の会話が始まる。

——そうなんです。でも女の子だとやっぱり、ちょっと怖くて。

——いやあ、最近は女の子のライダーも多いよ。恰好いいじゃない。女子高生ライダー。

——そうですか？　えへへ。

タブレットの文字表記だと分からなくなるが、柳瀬さんの猫撫で声たるや、外国の安い砂糖菓子のごとくげっそりするものだった。そういえばこの人にはいくつかの必殺技があった。これはその一つ「おっさん殺し」である。どうやら柳瀬さんは、客のふりをして「一昨昨日来た人」のことを訊き出そうとしているらしかった。

——じゃあ、おっきいのの方がいいんですか？　おっきいの、ちょっと怖いです。

——安定性は大きいのの方がいいよ。もちろん免許がいるし、あと女の子の場合だと、自分で起こせないやつは無理だよね。……まあ君ぐらい可愛ければ、通りがかりのライダーがみんな競って助けてくれるだろうけど。あはは。

——足達くんは「俺がこの間借りたやつなんかおすすめ」って言ってくれたんですけど。ちょっと大きいのかなあ。

——ああ。どれのこと？

——車種とか、まだ詳しくないんです。大学生の人です。ええと……あの、足達くんってどれ借りました？　一昨昨日来た、

——常連？　常連さんは一昨昨日、来てないなあ。あ、でも学生さんは来たか。背の高い、髪の黒い。

——そうです。その人です。……この人ですよね？

——うんそうそう。一昨昨日来たよ。ああ、足達くん、確かにヤマハのＷＲ－２５０借りてったな。あれは君だとちょっと……。

そこまで画面に表示されたのを確かめ、柳瀬さんは、携帯の画面に足達さんの写真を表示さ

せて示す。音声が止まる。

「……はい、証言終わり」

「おいちょっと待て。何だよそれ。適当なこと言ってんじゃねえよ」

抗議する足達さんを柳瀬さんが見据える。「なんならこれから一緒にカンノモータース蘇我《そが》店に行く？　その方が確実だし」

「いや」足達さんはたじろいだが、すぐに真菜さんの方を向いて訴える。「なあ真菜。こいつ適当なこと言ってるだけだって。俺のわけないだろ？　俺は君を」

『護ってあげたかった』んでしょ？　勝手だよね」柳瀬さんが遮る。

足達さんと柳瀬さんの視線がぶつかる。

真菜さんは眉間を指で揉みながら、どう応じるべきか悩んでいるようだった。僕を見て手話で言う。

「……だいたい、そうなんじゃないか、って予想はついてたけど」

だから伊神さんに依頼したのだろう。その点は僕も想像がついている。

真菜さんは足達さんを見て口を開きかけたが、面倒臭そうにかぶりを振ると、前の黒板まで歩いていってチョークででかでかと文字を書いた。


消えろ！

勢いよく感嘆符《かんたんふ》をつけてぶん、とチョークをひと振りし、足達さんを睨みつける。それから自分のバッグのところに戻り、がさがさと中を探ると、出てきたシロフクロウを豪快なオーバースローで投げつけた。

顔面にシロフクロウの頭突きが当たり、足達さんがのけぞる。シロフクロウが無表情のまま床に落ちてわずかに跳ねる。

「この」

足達さんが大股で踏み出す。僕はとっさに真菜さんの前に出たが、同じようにしていた妹と肩がぶつかり、さらに美悠ちゃんが腰にぶつかってきた。その前に柳瀬さんが立ちはだかり、ばちん、とスタンガンの火花を弾けさせる。

足達さんのこめかみに青筋が浮き上がるのがはっきりと見えた。

だが、罵り声をあげる足達さんは結局何もできず、柳瀬さんのスタンガンに追い出されるようにして教室を出ていった。出ていきながらもずっと怒鳴っていたが、皆、さっさと補聴器を外してしまい、聞いたのは僕と柳瀬さんだけだった。

足達さんが乱した机の列を皆で直す。気がつくとそろそろ太陽が低くなり、差し込む西日で教室はさっきより明るくなっていた。

真菜さんが僕の前に来て、柳瀬さんと僕に頭を下げた。「……ありがとう」

「いえ」手話と口話で同時に応える。「……あまり、気分のいい結果になりませんでしたけど」

「そんなことない。いいかげん、あいつに合わせるのも疲れてきたところだったし、それに」

真菜さんは首を振り、付け加えた。「……お互い様、な部分もあるから」

その言葉の真意が気になったが、訊くことはできなかった。あとで自分で考えれば、なんとなく理解できる気がした。

それと、分からないことがもう一つある。僕が伊神さんに送った情報は、この教室で話を聞いた後にすぐ送った、あのメール一件だけだ。書いてあるのは事件の概要だけで、犯行現場の情報もなければ、真菜さんたちがろう学校の生徒だという点にも触れていない。

それなのに、伊神さんは最初から見当がついていたという。これはどういうことなのだろう？

7

背後でずっと唸っていたヒーターがかちりと止まった。それで気付いた。家が暖かい。今日は「夕方から冷え込みが厳しくなる」と天気予報で言われていたのに。

そのことにすら気付かないほど居間の雰囲気が賑やかになっている。テーブルには僕と妹と柳瀬さん、それに、お客様用の椅子には伊神さんまでいる。それどころか今はトイレだが、さっきまではミノまでが横にいた。事件解決のお礼と同時にこれまでの顚末を説明するため、うちにお越し願ったのである。椅子が足りないので食卓の僕の椅子にはミノが座り、僕自身は部屋から持ってきた回転椅子に座っている。テーブルの上もティーセットに五人分のケーキ皿が並び、フォークが銀色に光っている。お茶の湯気はもう消えたしパウンドケーキは全部食べてしまったが、これだけの数の食器が一度にテーブルに並ぶなんて、うちのダイニングでは何年ぶりだろうか。思い思いの方向を向いて各自の前で光っている五本のフォークを見て実感した。これまで意識していなかったが、人と食器の少ない食卓は、なんだか寒いのだ。

「それでですね、伊神さん。……何してるんですか？」

伊神さんはソーサーを持ち上げて裏を覗き込んでいる。「ウェッジウッド、好きなんだよね」貧乏学生に似合わない台詞《せりふ》だ。「お茶、もういいですか？」

「結構」伊神さんは隣の妹が立ち上がろうとするのを手で止める。

同時に腰を浮かしかけていた僕も座り直し、ようやく質問ができるかな、と思う。ここまでは、うちに来た柳瀬さんがなぜかカウンターキッチンに反応してはしゃいでいたり、妹がノートのページを大量消費しつつ伊神さんと筆談で盛り上がっていたりして、わりとてんでんばらばらだったのである。

ミノが戻ってきた。「サンキュー葉山。でもおかしいぞ。お前の部屋、ベッドの下にエロ本がねえ」

「エロ本って」部屋に入るな。

「いや、うちの親父が言ってたけど、健全な高校生男子はベッドの下にエロ本を数冊隠しておかないと条例に引っかかるんだっけ？　最近の高校生には違反しても何とも思ってない奴が多いって嘆いてた」

『だっけ?・』じゃないだろ」

ミノもこの調子だった。

ミノが席に着き、僕のエロ本だかエロＤＶＤだかの所在について妹に質問を始めたので、僕は無視して伊神さんに訊いた。

「ええと、ようやく訊きたかったことが訊けるんですけど。……伊神さん、どうして犯人が分かったんですか？　僕が送ったあのメールには事件の場所も関係者の素性も、ヒントになるようなものは何も書いてなかったですよね？　真菜さんの補聴器のことも書いてないし」

「そんなこと聞くまでもないでしょ」伊神さんは覗き込んでいたソーサーを置く。「主要部分は君が書いて送ってきたよね？　バイクはレンタル、犯人はヘルメット着用の上、顔を眼鏡とマスクで隠していた」

「そうです。だから特定する要素が」

「なんだ」伊神さんは拍子抜け、という顔になった。「君も犯人が絞れているからああいうメールになったのかと思ってたけど、違うんだね」

「……はあ」

妹に目で促され、手話で同時通訳をする。妹も不思議そうに伊神さんを見た。

「だからさあ、普通は今言った情報だけでだいたい分かるでしょ。犯人はおそらく被害者の彼氏か、親しい友人だろうってことぐらい」

分からない。僕は沈黙して柳瀬さんを見る。柳瀬さんは両手を上に向けるジェスチャーをして肩をすくめた。ミノに視線を移すと、ミノも真似をした。

「だからさあ」伊神さんはもどかしそうにフォークを取り、柄の部分でテーブルをとん、と叩く。「一日借りるだけで何千円かかかるのに、引ったくり犯がレンタバイクなんか使うわけないでしょ。レンタバイクを使ったのは、使う必要があったからだよ。可能性は二つ。犯人はバイクには慣れていたが自分のバイクは持っておらず、日常的にレンタバイクを使っていた。あるいは自分のバイクを持っていたが、犯行には使えなかったから借りた」

そういえば、確かにレンタバイクの引ったくりというのは聞いたことがない。バイクでの引ったくりはある程度バイクに慣れていないとできないし、そもそも自分がバイクに慣れている人間でなければ、やろうと思いつかないだろう。

「だが前者は考えにくい。犯人は眼鏡とマスクで慎重に顔を隠していた。つまり犯行の際、被害者に見られることをかなり警戒していた。それならレンタバイクの『わ』ナンバーも隠すはずでしょ。テープでも少し貼ればいいだけなんだから。もし犯人が日常的にレンタバイクを使う人間だとすると、どんなに顔を隠しても『わ』ナンバーを見られるだけで、『レンタバイクといえば』という連想で自分と結び付けられ、容疑者になる危険がある」伊神さんは早口で言う。「となると後者だよね。犯人はバイクを持っていたが、それを使いたくはなかった。なぜか？　当然、バイクを被害者に見られると自分だということがばれるから。だからレンタバイクを借りた。となれば犯人は、被害者がそいつの所有するバイクを見たことがある、という人間になる。当てはまるのは家族か親しい友人、彼氏ぐらいだろうね」

僕は必死で手話に訳した。伊神さんの早口は手加減してくれない。

「だがもう一点、おかしな部分がある。犯人がヘルメットをかぶっていたのに、眼鏡とマスクで顔を隠していた、という点だ。つまり犯人はオープンフェイスのヘルメットをかぶっていたことになる。なぜか？　顔を隠したいなら、バイクと一緒にフルフェイスのヘルメットを借りれば済む。ミニバイクでフルフェイスだと変だけど、バイクは『わりと大きい』ものだったんでしょ。なのに犯人はそうしていない。それならおそらく、ヘルメットは持参したものなんだろう」伊神さんは暗記している文章を言うように、視線をテーブルに落としてすらすらと喋る。

「そして犯人がバイクはレンタルしたのにヘルメットは持参したということは、犯人にとってバイクは見られたくなくても、ヘルメットは見られてよかったんだ。つまり、被害者は犯人のバイクは見たことがあっても、ヘルメットは見たことがなかった。だとすれば家族というのはおかしい。同居していれば当然、ヘルメットも見ているはずだしね。だから彼氏か親しい友人。被害者は犯人の家の前か、犯人がバイクを降りたところは見たことがあるが、家に上がったりするほどの関係ではなかった」伊神さんはそこまで一気に言い、カップの縁を指の先でちん、と弾く。「……ま、推測だけどね」

妹に手話で訳しつつ、どうしても脱力するのをこらえられなかった。聞き込みだの現場検証だのは別に必要なかったのだ。最初から伊神さんに訊けばそれで済んでいた。

「……よく分かりました」自分との差もよく分かった。僕は伊神さん、それから柳瀬さんとミノに頭を下げる。「ありがとうございました。真菜さんたちが今後どうなるかはさておいて、とにかく、おかげさまで解決しました」

実際、あそこで柳瀬さんが証拠と犯人を持ってきてくれていなかったら、もっとこじれていたかもしれないのだ。状況はまだ注視する必要があるが、今後、足達さんが真菜さんに何かしてくるということは考えにくいだろう。

「ミノも、わざわざありがとな」

「いやいやいや。俺は前から、亜理紗ちゃんと絡む機会を狙ってたから」ミノはふふんと口角を上げて鼻をこする。「やっぱ可愛いよな、お前の妹。……訳していいぞ。訳せって」

「おい。お前ひとの妹に」

「いや、だってかなり可愛いだろ亜理紗ちゃん。狙うって。訳せって」

「まあ可愛いけど。お前、秋野はどうなったんだよ」

「露骨に兄バカだなお前。……あのなあ。俺ら来年は受験生だぞ?」ミノはなぜか、僕に対して呆れ顔になる。「第一志望以外にもとりあえずいろいろ受けてみるもんだろ」

「今のとこだけ訳していい?」失礼だ。「だいたい手話できないでどうやって口説くんだよ」

牽制するつもりで言ったのだが、ミノは何をかいわんやという顔になった。「できないから口説けるんだろ。外国人が日本人口説く時の常套手段だろ。『日本語を覚えたいんだ。僕に教えてくれないか』？……で、呼び出して個人レッスン中に『どうしても覚えたい言葉があるんだ。日本語で、この言葉はどう言うんだい？』」

「ああ。……まあね」柳瀬さんが頷く。「で、レッスンゲット」

ミノと柳瀬さんが同時に言った。「『"I love You."』」

なぜかハイタッチしているミノと柳瀬さんには、つけるコメントも思いつかない。

妹が怪訝な目で見てきたので、「手話を教えてほしいそうだよ」と訳しておいた。訳さなくてよかったかもしれない。

8

伊神さんたち三人をマンションのエントランスまで送って戻ると、ダイニングテーブルに残っていた食器やお菓子のゴミなどはすでに片付けられていた。驚いたことに食器類はきちんと洗って洗い籠に入れてある。すすいだ後に拭くことまではしなかったらしく籠の下に水たまりができてはいるが、母いわく普段「三回唱えないと動かない」うちの妹としてはAAAランクの気の利きようである。とりあえず洗い籠の下を拭き、ダイニングを見ると、僕の部屋から持ってきた回転椅子も片付いていた。

自分の部屋に行くと、妹は疲れたのか、僕のベッドでうつ伏せに伸びていた。こうやって伸びると本当に脚が長い。

こちらの部屋はまだ寒いのでヒーターのスイッチを入れる。「洗い物ありがとう」

妹は片目だけ開いてこちらを見ると布団《ふとん》に顔をうずめて沈黙している。

「……疲れた？　伊神さんとずっと話してたけど」

「……話、合わなかった」

ああなるほどと納得する。伊神さんにはそもそも、他人と話を合わせようという気がない。

だが、ぐったりしていた妹は、しばらくすると、風を起こしながら勢いよく起きてベッドに座った。

「……ありがとう」

何に対してなのか分からなかった僕が首をかしげると、妹は続けて言った。「美悠のお姉ちゃんのこと」

「……うん」

結局、解決してくれたのは伊神さんたちだという気もする。僕はまだまだである。「……真菜さんは、嫌な思いをしたね」

妹は目を伏せて部屋の絨毯《じゅうたん》を見ている。こいつ睫毛《まつげ》が長いな、と思った。ようやく動き始めたヒーターが不機嫌な作動音をたてる。

「美悠のお姉ちゃんが」妹は視線を上げて僕を見る。「どうしてあの人を振ったのか、分かる？」

ああ、と、吐息とも感嘆詞ともつかぬものが漏れる。僕も伊神さんも柳瀬さんも、最後まではっきり指摘しなかったのがそこだった。僕は妹の肩のあたりに視線を置いて、適切な言葉を探す。一言で言えたらいいのだが、表現すべきニュアンスは狭い。慎重に選ばないとずれてしまいそうだと感じる。

「……疲れたんだと思う」

そう言ってから、妹には少し大人っぽすぎる言い方かなと思った。

だが妹は、すぐに頷いた。「……やっぱり、それかな」

驚いたことに、妹は二人の事情をちゃんと察しているようだった。確かに、足達さんから話を聞いた時に感じた違和感のことは、帰宅後に話しているのだが。

河戸真菜さんは、本当はどんな人か？

喧嘩っ早く、強く、飽きっぽくていいかげんな河戸真菜。

優しく大人しく、怒るということができず、真面目で頑張り屋な河戸真菜。

全く違う答えを聞いて、分かったのだ。理屈から言っても簡単なことだった。本当に別人だった、というケースでない限り、どちらかが真菜さんの演技だったのだ。そしてどちらが演技かといえば、これは考えるまでもない。本来は「喧嘩っ早く、強く、飽きっぽくていいかげんな河戸真菜」は、彼氏である足達さんの前では「優しく大人しく、怒るということができず、真面目で頑張り屋な河戸真菜」を演じていた。

なぜそこまで極端に演じなければならなかったか。それは、足達さんの態度からなんとなく想像がつく。訊かれもしないのに真菜さんのことを語りだす足達さん。「護ってやらなきゃ」と言う足達さん。偏見かもしれないが、彼の態度全般に、何か「そういう人」特有の雰囲気があったようにも思える。

足達さんが求めたのだ。「優しく大人しく、怒るということができず、真面目で頑張り屋な河戸真菜」を。そして「それを優しく護ってあげる自分」という、まるでドラマのような「美しい」関係を。

おそらく真菜さんとつきあい始めた足達さんは、彼女の性格を何も知らないうちから、「優しく大人しく、真面目で健気な障害者」だと勝手に思い込んで決めつけた。そして喜んで「護る役」を買って出た。もっと穿《うが》っていうなら、彼はそれがやりたかったから真菜さんとつきあっていたのだろう。

話を聞いた時に分かった。真菜さんはトリマーになりたいと言っていたらしいが、もし本気でそれが夢だというなら、大学でなく専門学校を希望するはずである。つまり、真菜さんはそこまで真剣に「トリマーになりたい」と目指してはいないのだ。だが足達さんは勝手にそれを「夢に向かって頑張っている」と解釈していた。これだけでも、足達さんがどうやら真菜さんのことをちゃんと見ていないらしい、ということは分かる。

それに事件解決時、真菜さんは足達さんに口話で「消えろ」と言おうとし、諦めたようにして黒板に書いた。ということは、二人の間では当然のように口話が使われていたのだろう。そして足達さんはそのことに何の疑問も抱かなかった。

僕の脳裏には嫌なシーンが浮かぶのだ。苦手だし他人に聞かれたくないのをこらえて、不充分な発音の口話で「健気に」意思を伝えようとする真菜さん。笑顔で顔を近付け、ことさらにゆっくりとした喋り方で「優しく」それに応じる足達さん。

一見、美しい光景のように見える。しかし実際は違う。実際のところ、これは明らかに真菜さんの方が足達さんに合わせてあげているのである。理屈で考えればすぐに分かることだった。真菜さんは手話が母語。足達さんは口話が母語。なのに二人の間では当然のようにいつも口話。それなら、「合わせてあげている」のがどちらなのかは明白だ。だからこれは決して「美しい」光景などではない。「彼氏、もうちょっと合わせてやれよ」と、舌打ちをすべき光景なのだ。

それなのに、優しいのは足達さんの方であるかのように映る。そこが気持ち悪い。ドラマと言ったが、ドラマのシーンとして考えても、これはひどく薄っぺらで浅はかだ。

そして現状では、この歪《いびつ》な「美しさ」に気付かない人も多くいる。むろん、日本国内では圧倒的に口話を使う人間が多い以上、公共のシステムが聴者向けになっていたり、職場で口話前提になることは、ある程度は仕方がない（厳密に言えば不公平だが）。だが二人だけのカップルの間でまで当然のようにそうなる、というのは、対等な関係とは言えないだろう。

妹は憂鬱《ゆううつ》な顔で言った。

「……どうして『障害者』はみんな、優しくて健気で頑張り屋じゃなきゃいけないの？」

よく言われる。「健常者も障害者も同じだ」と。だとすれば「障害者」の中にも、悪人や怠け者や冷たい人間がいるはずなのだ。だがその面を見せると驚かれる。ひどい人は「障害者のくせに」と言う。妹とずっと一緒にいた僕は、現実にそういう経験があるのだ。

妹を見る。大きな目に綺麗な鼻筋。すらりと長い手足。やはり父親似の美人だ。だが実はこの妹はかなりぐうたらで、愛想がなく、兄にあれやこれやとねだる。身近にいれば当然、そういうところも見えるのだが。

とん、と腕を叩かれる。僕はいつの間にか下を向いていた。

「……お兄ちゃん」

「ん」

「……私、普通の高校に行くかもしれない」

もぞもぞと曖昧な調子だったが、妹はそう言った。

僕は妹の顔を見る。今度は彼女の方が下を見ている。僕はまだ考えていなかったが、妹も来年は三年生になる。進学先は当然問題になってくるのだ。僕はてっきり、疑いなく県立の高等部にそのまま進むものだと思っていたのだが。

「……どうして?」

上目遣いでこちらを見ていた妹は、言葉を探す様子で少し悩んだ。「……就職したら、聴者の間で働くことになる。慣れておかないといけないし」

「ろう学校にいれば、卒業生とかからろう者の雇用に慣れた会社も紹介してもらえるかもしれない。そっちの方が楽だよ?」

「それ、狭い気がする」

そう言われ、僕の中に何か、新たな認識が灯《とも》る感触があった。そういうことはこれまで考えていなかったのだ。……「狭い気がする」。

要するに、このまま家族とろう者のコミュニティの中だけで暮らしていくと世界が狭くなる、ということだ。そういえば、真菜さんの父親もそんなことを言っていた。

そして僕は、犯人を指摘した時、真菜さんが言っていたことも思い出した。

――お互い様、な部分もあるから。

足達さんに対して一番怒って然《しか》るべき真菜さんがそれほど怒らなかったのは、そこを気にしたからだろう。足達さんは、例の気持ち悪い関係を求めて真菜さんとつきあっていた。だがおそらく真菜さんの方も、「聴者とつきあって世界を広げる」ために足達さんとつきあっていた部分があったのだ。つまり二人はどちらも、何割かは「相手は誰でもよかった」部分を持っていた。

もちろん、だからといって「どっちもどっち」というものではないだろう。ろう者の方は異文化が多数派である社会でやっていかなければならないのだから、そういう理由があったとしても責めることはできないと思うのだが。

妹は言った。

「……聴者の中に交じっていかないと、ろう者に対する理解も広がらないし」

妹もそこを考えているのだろう。立派だと思う。いつも食べることしか考えていないように見えたのに、それは僕の勘違いだったらしい。

だが、兄としてはもちろん言っておかなければならないことがある。

「偉いけど、それは亜理紗がやらなきゃいけないことじゃないからね?」

たまたま障害を持って生まれてきたからといって、それを人生の中心に据えなければならない理由はどこにもない。「それに、聴者の中で暮らすのは本当に大変だよ。いちいち面倒臭そうな顔をされるかもしれないし、友達ができないかもしれないし、周りの人が何で盛り上がって笑っているのか、自分だけ分からなかったりする」

「……それは、分かってる」

「それに、楽な道があるのにわざわざ大変な方を選んだら、そこからは基本的に自分の責任になる。どんなに大変な思いをしても、周りの人は、思ったほどには同情してくれないかもしれない。大変だって嘆いても、『だから高等部に行けばよかったのに』って言われて終わりかもしれないよ？　僕はそうは言わないけど」

妹は沈黙した。少し口を尖らせているようでもある。「……反対？」

返答に迷った。本音を言えば「どちらでも賛成」なのだが。

「どちらかといえば、反対」僕は言った。「でも、亜理紗が自分で考えて決めたなら、どっちでも応援する」

妹は僕の顔を窺《うかが》うように見たが、体を横に倒すと、どっかりとヘッドレストにもたれかかった。「……もう少し考える」

それでいいと思う。見ているかどうかは分からないが、妹の横顔に言う。

「そうしなよ。今すぐに決めなくてもいいし、一旦決めた後で変更してもいいんだし」

正直に言えば、妹が僕に相談してくれたこと自体が嬉しいのだが。

時計を見ると、午後七時になっていた。そろそろ夕飯の準備を始めなければならない。最近は慣れてきたこともあって、母が早番で帰ってくる日も僕が作ったりしている。習慣になってしまえばなんとかなるものらしい。

「今日はお疲れ様。寝てな」妹の肩を叩く。「夕飯、何がいい？　買い物まだだったから、ちょっと遅くなるけど」

僕がコートを出すと、妹が袖を引っぱってきた。「お兄ちゃん」

「なに？」

「お兄ちゃんこそ、頑張りすぎないでね」

なんとなく声をかけた、という感じでないのは、顔を見て分かった。妹は言う。

「お兄ちゃんは最近、お父さんに似てきたと思う。……お父さんのこと、よく覚えてないけど」

妹は俯《うつむ》いて、短く言った。「……だから、たまに怖くなる」

僕は驚いていた。自分は母親似で妹が父親似なのだと思っていたが、妹の方からは逆に見えるらしい。そのことも意外なら、妹がこんなふうに心配してくれていることも意外だった。

「ありがとう。大丈夫」妹の頭を撫でる。「夕飯……」

言いかけて少し考え、思いついた。

「亜理紗。今日、夕飯どこかに食べにいこうか？　駅前のロイホどう？」

妹は僕を見上げ、ぱっと顔を輝かせた。「賛成！　待って、でも焼き肉も食べたい。でもラーメンでもいい。……中華？」

「行く途中で決めよう」

「お兄ちゃんのおごり？」

「うん」そこはいつも通りらしい。

「やった！　着替えてくる」

妹は図体に似合わぬ身軽さで立ち上がり、ドアを開け放したまま廊下に出ていくと、三分もしないうちにコートを羽織って戻ってきた。「行こう」

玄関を出ると、予想通りに空気が冷たかった。風も吹いている。コートの前をとめ、手袋もしてくればよかったかなと思いながらエントランスを出る。白い息が風に流されて消える。

「寒い」

「うん」

「自転車の後ろに乗っていく？」

「徒歩でいい」

妹はそう言って先に歩き出したが、僕が後に続くとこちらを振り返り、隣に並んできた。

マンションの近くは暗いので、あまり会話は弾まない。そういうものだと慣れているから何も感じなかったが、歩いていると、妹がとんとんと肩をつついてくる。

見ると、妹は空を指さしていた。「星がすごい」

見上げると、夜空全体に予想外にびっしりと星がまたたいていた。家の近くでこんなに見えるとは思っていなかったが、風が雲を吹き飛ばしたのかもしれない。ベテルギウスの赤い光とその斜め下の三連星。オリオン座はすぐに分かったが、あとはカシオペア座のW字形と、北斗七星のひしゃく形しか分からない。オリオンの斜め上にあるのはふたご座だっただろうか。

思わず立ち止まっていた。妹に視線を戻すと、妹もこちらを見た。「すごいね」

「うん。すごい」

伊神さんがいればいろいろ分かったのだろうが。

「さて、夕飯」

頭上の星空を吸い込むように深呼吸をすると、冬の夜のにおいがした。歩き出すと、すぐ妹もついてくる。

僕は妹と並んで、駅までの夜道を歩いていった。

あとがき

お読みいただきましてまことにありがとうございました。新しい表紙に「おっ？」となって手に取ってみただけ、という方も、手にとってみていただきましてありがとうございました。本屋さんには何万種類もの本が置いてあるのに、その中からこの一冊を手に取っていただけるとはなんと稀有《けう》なことでしょうか。(1)「新刊を手に取っていただけるかどうか」はもの書きにとって常に最大の心配事であり、同業者の中には、自分の本の発売日に書店に行って「ただ無言でずっと棚を見守っている」という、何やら妖精みたいな方もいらっしゃいます。この妖精は基本的には無害ですが時々悪戯《いたずら》をするので、人の少ない本屋さんですと、誰もいないはずの棚のあたりから「その本を買え！」という声が聞こえてくることがあります。ある時、樵《きこり》の男が一日の仕事を終えた帰り、本屋さんの創元推理文庫の棚の前を歩いていると、平台のところからいきなり「この本を買え！」という声が聞こえました。驚いて見ると、平積みされた本の上

(1) 現実的なややこしい計算はすべて省いています。

に、親指くらいの大きさの、赤い服を着て髭をもじゃもじゃに伸ばした小さな老人が立っていました。これは妖精だなと気付いた樵は、老人に「その本を買うとどうなるのだ」と訊きました。すると老人は「金持ちになれる」と言うではありませんか。樵は大喜びで老人の立っている本を手に取ろうと思いましたが、よく見ると老人が立っているのは『ラヴクラフト全集1[2]』でした。何故というわけではないけど何か心配になった樵が悩んでいると、横から「違う。この本を買え！」という別の声が聞こえました。そちらを見ると、今度は青い服を着た、同じくらいの大きさの老人が立っています。樵は喜んでそちらの老人の立っている本に手を伸ばしかけましたが、この老人が立っている本も『アクロイド殺害事件[3]』だったので、樵はなんとなく信用できない気がしました。迷っているとさらにもう一度「違う違う。この本を買え！　金持ちになれるぞ！」という声がして、黄色い服の老人が出てきましたが、こいつに至っては『まっ白な嘘[4]』だったので、樵は「ふざけんな」と返して、『哲学者の密室[5]』だけ買って帰りました。するとその夜、特に変わったことは何もなく、樵はそれから毎日真面目に仕事に精を出し、死ぬまで不自由せずに暮らしました。一方、欲張って三冊とも買った上に読まずに本棚に横積みしていた意地悪な村長の息子は大賢者から授けられた聖なる槍で無事に竜を倒して財宝を持ち帰り、それを売って大金を得たおかげで村には不相応に大きいコミュニティセンターと運動場と、イチョウ並木の綺麗なメインストリートができました。積読本にされていた三冊はコミュニティセンター併設の図書館に寄贈され、何十回となく色々な人に読まれ、多くの読者をディープな領域に引きずり込む業の深い蔵書になりましたとさ。めでたしめでたし。

と、このように、もの書きという人種は、本屋さんで自分の新刊を手に取ってくれた人を見ると大喜びするわけです。私にはまだそのような経験はなく、むしろ手に取って数ページ読んだ後、首をかしげて棚に戻す方を見た経験があり、思い出すだけで泣きたくなってきたのですが、同業者の中には、平積みしてある自分の本を目の前で手に取って買っていくお客さんを見つけ、感動のあまりいきなり話しかけたり、抱きついたり、家まで尾行したり、背後から襲いかかり薬品を嗅がせて眠らせた後、トランクに詰めて自宅に持ち帰り、「加工」して業務用の大型冷蔵庫の中で保存し毎日眺めて愛でた、という方もいます。[6]なので、もし本屋さんで遠くからこっちをじっと見て「ありがたやありがたや」とぶつぶつ言っている人がいたら、その人は四・五パーセントくらいの確率で著者です。絶対数が少ないためそれよりややレアになりますが残り九十五・五パーセントのうち三パーセントは担当編集者で、もう三パーセントは装画家さんです。ただしあとの八十九・五パーセントは変質者ですので、何かしてきた場合は落ち着いて周囲に助けを求めましょう。一一〇番していいか分からない場合は全国共通「#9110」の警察相談ダイヤルが便利で、携帯電話からもこの番号でかけられます。もっとも現実に

(2) H・P・ラヴクラフト（訳：大西尹明）
(3) アガサ・クリスティ（訳：大久保康雄）
(4) フレドリック・ブラウン（訳：中村保男）
(5) 笠井潔。
(6) いません。

はちょいちょいと布に染み込ませて嗅がせるだけで被害者がガクッと都合よく眠ってしまう薬品なんてものはありません。クロロホルムは極めて揮発性《きはつ》が高く、布に染み込ませてもすぐ乾いてしまいますし、逆にすぐ乾かないような量を出したら犯人まで気絶してしまいます。そもそも生理学的には「気絶」と「あの世行き」は極めて接近しており、相手を殺さずにさっと手際よく気絶だけをさせ、しかも相手は都合よく数十分から数時間、綺麗に意識だけを失ったまま目を覚まさず、起きた後も後遺症を残さない、なんていうのは現実には無理なので、私などは他人の作品にそういうシーンが出てくるとついフレーメン反応を起こした馬みたいな顔になって「へっ」と鼻で笑ってしまいます。嫌な奴です。

しかしそういう知識も現代では皆インターネットで簡単に手に入るわけで、書く方はいいかげんなことを書けなくなりました。少量を経口摂取しただけですぐ被害者がバタンと倒れて寝入ってしまう睡眠薬なんてものは現実にはありませんし、無味無臭ながらちょっと口に入れただけで血を吐いて死ぬ毒薬もありませんし、そもそもそのくらい危険な薬物は毒物及び劇物取扱法により保管方法が厳しく規制されているため、素人が簡単に、しかも秘密裏に手に入れることは不可能ですし、こっそり手に入れられる職種は限られているので、鑑定によって薬物が特定されるとすぐ容疑者になってしまいます。一か所で連続殺人事件が起これば大ニュースであり、現場は警察の手で封鎖されて立入禁止になり、同時期に他の大ニュースが出ない限り最低二週間はその場所に警察とマスコミが常駐するので、犯人は第三の殺人とか第四の殺人なんて到底できません。携帯の電波が通じない場所なんて現代ではどんな山奥や地下でもほとんどありえず、スキー場にいようがフェリーに乗っていようが携帯電話で警察を呼べてしまいます。携帯の通じない雪の山荘で「通じない……電話線が切られている！」「ええっ？」というシーンなんて現代ではもうできないんです。もっとも私の実家はしばらく前まで圏外でしたが。

世知辛い時代になりました。昔は電話線を切るだけで主人公たちを孤立させられましたし、怪しげな因習の残る村もまだリアリティがありました。今ではGoogle Earthで日本全国津々浦々まで見放題で、「山奥に秘密裏に建設されていた施設」というのも難しくなってしまいました。もっともそのかわり「Google Earthで奇妙な場所を見つけた」といった導入部が作れるようになりました。[7] 針や糸を使ったトリックは難しくなりましたが（「ルンバみたいなのを使ったんじゃないの？」と誰でも思いつくようになってしまったので）、携帯電話を用いたトリックが作れるようになりました。というか私は作中で携帯電話を使いすぎです。本シリーズの一巻が出た頃はまだ「写メール」のやりとりすら怪しかったのに、今では『なめこ栽培キット[8]』の「黄金なめこ[9]」が三十四出てアイテムもお金もそれ以上増えなくなるまでやり込みまし

（7） 漫画にもろに先例があるので注意。『岸部露伴は動かない』「エピソード05　富豪村」（荒木飛呂彦／集英社）など。

（8） 『なめこ栽培キット Deluxe』。株式会社ビーワークスが２０１２年７月にリリースした無料のアプリゲーム。プレイヤーが持つ「原木」には、待っていると様々な種類の「なめこ」が生えてくる。それをひたすら収穫していくゲーム。

（9） 極めて出現率の低い「なめこ」。顔のインパクトがすごい。

た。我ながらたいした進歩です。というかただのゲーム好きです。私はいわゆる「やり込むタイプ」で、ゲームをやるとただ単にクリアするだけでは飽き足らず（もっとも最近のゲームアプリはいつまでもアップデートされて配信され続けるため、「ゲームをクリアする」という概念は消滅しつつありますが）、キャラクターを全員限界まで鍛え上げたりアイテムを全種類揃えたりします。全種類揃えるだけでは満足せず、理論上いくつでも手に入れられるアイテムはすべて九十九個になるまで集めたりします。この「最大値まで貯め込みたがる」習性は一体何なのでしょうか。理由は不明ですが、日々減っていくものに関しては、「常に最大値」をストックしていないと落ち着かないのです。米は米櫃《こめびつ》に入っているものの他にもう一袋欲しいし、シャンプーや歯磨き粉などの消耗品は現在使っているものの他に常にもう一本ストックしておかないと安心できません。トイレットペーパーもストックが残り三ロールぐらいになると慌てて買いにいきます。まだ三ロールもあるじゃないですか。もっとも、ストックが切れた場合にパニックになるようなことはなく、ないならないで適当に生活します。東日本大震災の時、千葉でも物流が一時的に滞り、米・パン・パスタなどの主食類がコンビニからもスーパーからも姿を消したことがありましたが、別に米がないなら芋を食べればいいと思っていました（実際には千葉市ではそこまでいかず、パンはなくてもケーキはまだ残っている、というマリー・アントワネット状態でした）。「物資が来なくなる！」とみんなが煽りたてた結果なぜかトイレットペーパーまで品薄になりましたが、私は「まあ本当になくなったら外国風にフィンガー・ウォシュレットでもいいだろう[10]」とのんびりしていました。理由はよく分かりませんが、どうも日本人は「物資がなくなる」となるとなぜかまずトイレットペーパーの心配をするものらしく、オイルショックの時にも全く根拠のないデマから「トイレットペーパー騒動」なるものが発生しました。日本人のこういう所は三十八年間であんまり進歩していなかったようです。現実的な話、現在の日本では物資があり余っており、戦争になったり日本中の原発がテロリストに攻撃されたりして輸入がストップするとか、『日本沈没』みたいな超巨大災害が起こるとか、宇宙人が攻めてくるとか太古の時代に日本列島の地底に封印された九頭竜《くずりゅう》が暴れだすとか、そういうことがない限り、日本で「生活必需品がなくなる」という状況は考えにくいです。むしろパニックを起こした人たちによる買い占めの方が余程困るわけで、そういう恥ずかしいものに加担してしまわないよう、日頃からしっかり心がけておきたいものです。

さて、本シリーズは一巻が出てからそろそろ十年が経過いたします。これはびっくりする事実で、そのことに気付いた時は驚きのあまりパニックになり、トイレットペーパーを買い占めに走りそうになりました。十年前って言ったらあなた、ミクシィとかメタボとかが出始めた時代ですよ。ハンカチ王子とかいましたし、荒川静香《あらかわしずか》さんがイナバウアーでトリノオリンピックなイナバウアーしていた時代ですよ。もっと分かりやすく言うとまだ二子《ふたご》山《やま》親方になっていない雅山《みやびやま》が大関復帰を賭けていた時代です。白鵬《はくほう》は綱取りでしたし日馬《はるま》富士《ふじ》なんかこの世に存在すらしていませんでした（「安馬《あま》」でした）。そんな頃からよく続いたものです。十年も経てば小学生がサラリーマンになってイナバウアーします。ハムスターなら曾《ひ》孫《まご》の代になっています

（10）紙を使わず、文字通り水で流しながらフィンガーでウォシュレットする行為。慣れる。

し乳酸菌なら五百二十代ほど先の子孫が生まれています。桜桃は成熟してたくさん実をつけるようになりますしボルドーワインもいい具合に熟成します。外国人は永住許可申請が出せるようになりますしタクシー運転手は個人タクシー開業のための運転経歴要件を充たします。だんだん分かりにくくなってきました。十年って長いのでしょうか短いのでしょうか。でも十年前の私はまだ未熟で腰も痛めておらず、真っ白な羽毛に包まれて尻尾もふわふわでぴーぴー鳴いて火と毒ガスを吐きながら主にニホンザルなどのサル類を触手で捕えて頭からがりがり嚙み砕いていたように記憶しています。今だって未熟なのはそのままなのですが、右手がドリルアームになり左下の奥歯はメタル奥歯になり、スマートフォンのフリック入力やチーターとジャガーとヒョウの見分け方⑾を習得するなどのマイナーチェンジは積み重ねています。もっともこれはインタビュー等に出てくるおっさんの方の似鳥の話であり、実際に原稿を書いている美少女の方の似鳥鶏は相変わらず髪はまっすぐツヤツヤ肌はしっとりプルプル、そのかわり人見知りも一向に改善せず自分が趣味で召喚した悪魔以外とは目を見て話すことができません。美少女顔の無駄遣いです。

作中のキャラクターもなかなか変わりません。一応シリーズが進むごとに時間は経過しており、本書の最後に収録されている「優しくないし健気でもない」の時点では、葉山は「二年生の十二月」です。「不正指令電磁的なんとか」では一年生の一月、「的を外れる矢のごとく」では二年生の五月、「家庭用事件」が六月で「お届け先には不思議を添えて」が七月です。これではあまりキャラクターが変わらないのも当然ですが、葉山の妹だけはぐにぐにに身長が伸びており、一話目の時点ではまだ兄より背が小さかったのに、最終話では明らかに追い抜いて百七十センチくらいになっています。中学生の中にはこのくらい伸びる子も時々います。おっさんの方の似鳥もそうで、中学二年生の一年間で十四センチとか伸びました。このくらい伸びる時期には夜寝ていると体中の骨がきしみ、めきめきと音をたて、動いていないのに目に映る風景がずれていきます。無論誇張です。草じゃないんですから。ただ、おっさんの方の似鳥は三十を過ぎてから健康診断で「身長が一センチ伸びていた」りしていますので、もしかしたら爬虫類なのかもしれません。[12]確かに冬場、おふとんから出るのに大変な努力が要りますし、寒くなると気分が沈んで食欲も減退し、ずっと炬燵《こたつ》の中でじっとしていたくなりますし、日なたぼっこが大好きです。もしかして本当に変温動物なのでしょうか。[13]まあ、そうだったとしても実生活上、何か困るようなことはないのですが。

ともあれ、こんな変温動物がよく十年もシリーズを続けられたものです。何事も十年続けばプロ級だと申します。だとすれば例えば小学校の頃から十年間、授業中の居眠りを繰り返していた私は居眠りのプロを名乗ってよいはずです。確かに今では座って他人の話を聞く状況になるとごく自然に、流れるように、息をするように居眠りをします。なんでこうなのかは分かり

(11) ゴツい方から順に「ジャガー＞ヒョウ＞チーター」だが、背中のブチが「・」なのがチーター、「o」なのがヒョウ、「Θ」なのがジャガー、と覚えた方が分かりやすい。

(12) たいていの爬虫類は死ぬまで体が大きくなり続けます。着る服とかどうするんでしょうか。

(13) 気温が下がり日照時間が短くなるとうつが発生しやすくなる現象は、世界的に確認されています。

ませんが私は座ると絶対に寝ます。たとえ話が面白くても寝ます。隣の席の人がつついたり踊ったり袖から鳩を出しても寝ます。横で中国の春節よろしく爆竹が鳴りまくっても寝ます。前の席の人が首を三六〇度ぐるぐる回し始めても寝ますし天井からイナバウアーが降ってきても寝るでしょう。もっと居眠りを究めればイルカみたいに脳の半分ずつ寝たりアマツバメみたいに飛びながら寝たりできる[14]ようになるはずです。さらに究めれば『名人伝』（中島敦）よろしく「眠りの要る中はまだ『眠の眠』じゃ。『不眠の眠』には、脳組織の活動低下も急速眼球運動も要らぬ」とかいうことを言いだして眠らなくなるのかもしれません。嫌です。私がよく寝るのは怠惰だからではありません。睡眠を愛しているからです。繰り返します。睡眠を愛しているからです。睡眠は人間の一部であり全人類に存在するものであり、つまり睡眠を愛する私は全人類を愛しているのです。したがってもし私が道端などで眠っているところを見つけたら、「ああ今、あいつは全人類を愛しているのだな」と思ってください。あと念のため、肩を叩いて大声で名前を呼び、反応がなかったら周囲に助けを求め、一一九番通報をしつつＡＥＤを用意し、胸骨圧迫を〈アンパンマンのマーチ〉のリズムでお願いします。

　眠くなってまいりましたが、いえ全人類を愛したくなってまいりましたがまだ大事なことがあります。今回も、刊行にあたって様々な方にお世話になりました。厚くお礼申し上げます。担当の東京創元社編集部K原様、新装丁に可愛くてスタイリッシュな市立《いちりつ》高校の面々を描いて下さいました装画のけーしん先生、ブックデザイナーの西村弘美様、さらには一部情報提供をして下さいました米澤穂信先生、まことにありがとうございました。校正担当者様、今回もやばいミスがありましたが、お陰様でそのまま出さずに済み、深く感謝しております。東京創元社営業部の皆様、印刷・製本業者様、取次及び全国書店の皆様、一人でも多くの読者にこの本が届きますよう、どうかよろしくお願いいたします。
　そして読者の皆様。ここまでお付き合いいただきましてまことにありがとうございました。本シリーズはまだ続きます。これからもよろしくお願いいたします。

二〇一六年三月

似鳥　鶏

http://nitadorikei.blog90.fc2.com/ (blog)
https://twitter.com/nitadorikei (twitter)

（14）　落っこちてくると目が覚めるらしいです。

〈似鳥鶏 著作リスト〉

『理由《わけ》あって冬に出る』 創元推理文庫2007年10月
『さよならの次にくる〈卒業式編〉』 創元推理文庫 2009年6月
『さよならの次にくる〈新学期編〉』 創元推理文庫 2009年8月
『まもなく電車が出現します』 創元推理文庫 2011年5月
『いわゆる天使の文化祭』 創元推理文庫 2011年12月
『午後からはワニ日和』 文春文庫2012年3月
『戦力外捜査官　姫デカ・海月千波』
河出書房新社 2012年9月　河出文庫 2013年10月
『昨日まで不思議の校舎』 創元推理文庫 2013年4月
『ダチョウは軽車両に該当します』 文春文庫 2013年6月
『パティシエの秘密推理　お召し上がりは容疑者から』
幻冬舎文庫 2013年9月
『神様の値段　戦力外捜査官2』
河出書房新社 2013年11月　河出文庫 2015年3月
『迫りくる自分』 光文社 2014年2月　光文社文庫 2016年2月
『迷いアルパカ拾いました』 文春文庫 2014年7月
『ゼロの日に叫ぶ　戦力外捜査官3』 河出書房新社 2014年10月
『青藍病治療マニュアル』 KADOKAWA 2015年2月
『世界が終わる街　戦力外捜査官4』 河出書房新社 2015年10月
『シャーロック・ホームズの不均衡』 講談社タイガ 2015年11月
『レジまでの推理　本屋さんの名探偵』 光文社 2016年1月
『家庭用事件』 創元推理文庫 2016年4月（本書）

初出一覧

不正指令電磁的なんとか　書き下ろし
的を外れる矢のごとく　〈ミステリーズ！vol.73〉掲載
家庭用事件　〈ミステリーズ！vol.46〉掲載
お届け先には不思議を添えて　『放課後探偵団』二〇一〇年十一月
優しくないし健気でもない　書き下ろし

検　印
廃　止

著者紹介　1981年千葉県生まれ。2006年,『理由あって冬に出る』で第16回鮎川哲也賞に佳作入選し，デビュー。〈戦力外捜査官シリーズ〉は連続ドラマ化もされて人気を得ている。

家庭用事件

2016年4月28日　初版
2016年6月3日　再版

著者　似《にた》　鳥《どり》　鶏《けい》

発行所　(株)　東京創元社
代表者　長谷川晋一

162-0814/東京都新宿区新小川町1-5
電　話　03・3268・8231-営業部
　　　　03・3268・8204-編集部
URL　http://www.tsogen.co.jp
振　替　00160―9―1565
モリモト印刷・本間製本

乱丁・落丁本は，ご面倒ですが小社までご送付ください。送料小社負担にてお取替えいたします。

ISBN978-4-488-47307-5　C0193